全民微阅读系列

时间存折
SHIJIAN CUNZE

聂鑫森 著

江西高校出版社
JIANGXI UNIVERSITIES AND COLLEGES PRESS

图书在版编目（CIP）数据

时间存折/聂鑫森著.—南昌：江西高校出版社，2017.6

（全民微阅读系列）

ISBN 978-7-5493-5635-5

Ⅰ.①时… Ⅱ.①聂… Ⅲ.①小小说—小说集—中国—当代 Ⅳ.①I247.82

中国版本图书馆 CIP 数据核字（2017）第 142989 号

出 版 发 行	江西高校出版社
社　　　址	江西省南昌市洪都北大道96号
总编室电话	（0791）88504319
销 售 电 话	（0791）88592590
网　　　址	www.juacp.com
印　　　刷	北京一鑫印务有限责任公司
经　　　销	全国新华书店
开　　　本	700mm×1000mm　1/16
印　　　张	13.75
字　　　数	155 千字
版　　　次	2017 年 6 月第 1 版 2020 年 7 月第 2 次印刷
书　　　号	ISBN 978-7-5493-5635-5
定　　　价	36.00 元

赣版权登字-07-2017-678

版权所有　侵权必究

图书若有印装问题,请随时向本社印制部（0791-88513257）退换

目录

时间存折　　/001

星妈　　/005

凤凰沱江夜　　/008

驴友　　/013

密码生涯　　/016

电报哥　　/019

小偷　　/023

打更人　　/026

蟀爷　　/030

野菌王　　/034

虎啸震千山　　/037

天风琴店　　/041

波涛万叠　　/046

鸽友　　/052

玄妙气功　　/057

曲水萍汀　　/061

山左史家　　/064

帘外雨潺潺　　/069

口戏　　/072

薪火相传　　/077

古庙新神　　/081

夜未央　　/088

高干病室　　/095

从脚下做起　　/098

山长水阔雾茫茫　　/103

紫鹊界　　/108

红豆相思图　　/112

美髯公　　/116

训诂　　/120

王明夫　　/124

李太白　　/127

兵姐　　/130

潜到水深处　　/135

圣诞狂欢夜　　/139

书友　　/142

尊严死　　/146

配角　　/150

牵手同向天地间　　/152

茗友　　/157

联家　　/161

拼孙　　/165

何故　　/168

书衣　　/172

儒商　　/176

钱缘　　/180

忘年约　　/184

邮路　　/188

雅赚　　/192

重访长城　　/198

情癫　　/201

牛少爷　　/204

祁神手　　/206

老京胡　　/209

时间存折

二十六岁的史力,突然一摸口袋,发现那个存折弄丢了,是掉在上下班的路上还是遗落在他停留过的地方?天知道。

这个大红封皮的存折,存的不是钱,是时间,整整五十个小时,这比钱还珍贵。

史力的老家在乡下,父母为了供他读大学本科、研究生,真是吃尽了苦头。本科读的是汉语言专业,硕士生主修古典文学。没想到毕业后,找工作难于上青天,史力只好应聘去了一家文化策划公司搞文案工作。愤懑也罢,伤心也罢,他得先找个饭碗,再不能拖累家里了。好在公司在吉和山庄买了几套三居室的房子,供未婚的青年员工居住,不收租金。一套房子住八个人,热闹得像集市,下班回来,大家打牌、看电视、聊大天。史力对这些都不感兴趣,只想看看书,但看得进去吗?于是,他常孤零零地趁着夜色在社区闲逛,若是下雨,就在亭、榭、长廊里呆坐。

有一天,史力发现吉和社区,有了一家奇异的时间储蓄所。社区很大,几十栋楼,住了近三千人,其中有不少是老年人。这些老年人当中,有一部分人或子女不在身边,日常生活需要人帮助,或是孤寡老人,有病且寂寞。于是管委会倡导中、青年人敬老爱老,利用休息时间到这些家庭去做义工,所花费的时间一笔一笔都记于存折,当自己需要时,则由其他义工来帮忙干活,谓之"领取时间"。

史力的业余时间太难打发了,于是他申请去做义工,并领取了一个存折。储蓄所负责人告诉他:"有个老人章文心年过七十,原是本市江南大学中文系的教授,老伴十年前过世了,无儿无女,他要找一个懂行的年轻人帮他查找资料,听他说话。我们物色了好久,你是最合格的人选!"

在一个星期六的上午,史力打电话给章文心时,对方说:"小史,你来吧,我扫榻以迎。"于是,史力第一次去了五栋三单元六楼的章家。

门早已打开,清瘦的章先生满头华发,站在门边,然后把史力引进客厅。"我在为你煮茶,你先参观一下这上下两层的复式楼,看可否入目?"

上下两层近二百平方米的房子,除客厅、卧室、厨房、卫生间外,其他地方都立着成排的书架,书香如无形的波流在涌动,史力仿佛又回到了大学校园。

当他们面对面坐在客厅的长条茶案前时,章先生说:"这是刚煮好的安化黑茶,请尝一尝。"

"谢谢。"

"小史,你硕士论文写的是什么呀?"

"是《论明人小品的艺术走向》。"

"这要读不少书呵,难得难得。张瀚的《松窗梦话》、屠隆的《考槃余事》、张大复的《梅花草堂笔记》、袁宗道的《白苏斋类集》、张潮的《幽梦影》……想必都入了君眼?"

"是的。我只是泛泛读过,没有深入地研究,很惭愧。"

"你虽离开大学,照样可以自学成才,只要吃得苦。'路漫漫其修远兮,吾将上下而求索。'何愁不成功。你叫史力,有字吗?"

"没有。"

"我给你起个字怎么样？就从屈原诗中取出'修远'二字。我名文心，字雕龙，取自《文心雕龙》的书名。"

"谢谢雕龙先生赐字。"史力突然双眼涌出了泪水，站起来向章先生深鞠一躬。

章先生哈哈大笑。

正午了。史力这才想起什么事也没做，很内疚。

"不，你陪了我三个小时，我写个条子给你，你可去时间储蓄所，登记在你的存折上。"

史力小心地问："我什么时候都可以来吗？但是……下次来，你得安排我做事，做什么都行。否则，我就不敢来了。"

史力觉得日子过得充实了。业余时间他或者去章家，或者耳塞棉花在嘈杂的声响中看书。他每次去章家，先打扫卫生，再浆洗章先生换下的衣服，然后为章先生去查找资料。这些活都干完了，一老一少坐下来喝茶聊天。

"修远小友，做学问必先从识字开始。"

史力愣住了，他认识的字不少呵。

"自提倡简化字之后，很多字的识别便成了问题。如'帘'，本指酒家的酒幌子及用棉布做成的挡风门帘。以竹条做成的遮挡物，应是竹头下加一个'廉'字，李贺诗'簾中树影斜'，是竹编的簾，这才能从竹条缝中窥见斜斜的树影。"

"多谢先生教导。"

史力的存折上，有了五十个小时的记录。

这个记录义工时间的存折居然掉了！其实，只要史力到社区管委会说明一下情况，补发一个存折再记上数就可以了，但他觉得毫无必要，章先生传授的做人和做学问的道理，才是他真正的积蓄。

三度寒暑过去了。

史力在章先生的指导下，将当年的硕士论文，扩展成一本近二十万字的专著《明人小品的文化品格及个体生命潜能的释放》，由章先生推荐出版了。接着，章先生又慎重地写了推荐信，让史力到江南大学中文系去应聘当合同制的教师，并告诉他："你一边上课，一边考读博士生，只要肯下功夫，你将来是可以留校的。"

史力说："先生对我有再造之恩……"

"不，更重要的是你对自己的再造！"

说完，章先生拿出一个红封皮的存折，说："这是你三年前掉在我这里的，之所以没有还给你，是想看看你会有什么反应。愿意做义工而领一个存折已属不易，但你掉了后不去要求补发，心很安详，说明连理所当然的那点报偿都淡忘了，是修德修文之所至。"

史力接过存折，翻了翻，除原有的页码之外，又加订了厚厚一叠，上面由章先生填满了他每一次做义工花费的时间。他合上存折，双手捧着递还章先生，说："我做义工的时间，即是先生义务教诲学生的时间，只有你知道我有多少长进，还是由你保管吧。"

章先生说："好！"

星　妈

湘楚京剧院上上下下几十号人，都称她为星妈。

星妈是明星之妈的简称，因为独生女郦丽，是该院的荀派当家花旦，虽只二十八岁，却早已誉声四播，追星族阵营十分浩大。

星妈姓乔名凤英，五十岁出头，大脸盘，粗骨架，说话声震屋宇。她三十岁就守寡，却不再嫁人了，靠一条好嗓子吆喝卖水果为生，硬是把女儿培养成人：先读小学，再读戏校的中专和大专，然后成了名角。

郦丽说："妈，我在剧院有工资，还经常应邀去参加别的演出，你就不要去卖水果了。"

"好，妈就时刻陪着你。你出名了，会有一些打歪主意的人来纠缠，妈能保护好你。"

星妈与女儿形影不离，陪着去排练、演出，陪着回家吃饭、休息。女儿长得纤细、秀气，星妈则威武雄壮，对比强烈，这成了一个看点，走在路上常有人指指点点。有愣头青小伙挤过来，要求与郦丽合影留念，星妈一声断喝："走开些！"还有人拼命把求爱信往郦丽手上塞，星妈一把抢过来，撕碎，然后往空中一扬，笑声像打雷一样洪亮。

郦丽有戏码的夜晚，星妈做好饭，和女儿吃过后，陪着去剧院后台。星妈笑眯眯坐在一边，看女儿化妆、穿戏衣。女儿登台

后,她就站在侧幕边,手里拿着一把小巧的白瓷茶壶,随时准备让女儿下场时啜饮润喉。

郦丽能演花旦,也能演青衣,所会的戏很多,《霍小玉》《杜十娘》《玉堂春》《贵妃醉酒》《花田错》《十三妹》……不但扮相好,而且把荀派艺术唱念并重、动作优美的特点,发挥得淋漓尽致。郦丽不但京白说得好听,韵白也与众不同,好像有标点符号似的,在节奏中充满情感。唱起来则快中有舒缓,平淡中又奇峰突起,宛转悠扬,韵味醇厚。

京剧院的人都喜欢星妈,说她虽不在编,俨然就是他们的同事和长辈。

星妈的厨艺不错,常叫女儿把她的好友请到家里来吃饭。她亲自掌勺做出几品好菜。谁家有红白喜事,女儿送了礼,星妈还要单独送一份。所以,郦丽在前台后台,都有好人缘,大家都愿意帮衬她捧她。

星妈也有心事,只是埋在心里不说。女儿得给她找个好女婿,她希望女儿幸福,也希望自己老有所依。

郦丽上戏校大专班时,因住宿在校,星妈管不到。小家伙年轻没经验,和教戏的老师鄂为好上了。

四十岁的鄂为已有妻子、孩子,会教戏也会哄人。直到有一天郦丽回家,老是不停地给鄂为打手机问怎么办,神色慌慌的。星妈见多识广,脑子一转,就知道是怎么一回事了。夜深人静,她拿了把菜刀,把女儿叫醒,让她说实话,否则宁愿自己抹脖子自杀。郦丽拗不过母亲,吞吞吐吐全盘托出,然后说她有身孕了,鄂为又不想离婚。

星妈问:"你想怎样?"

"我去学校告他,让他被开除,然后我再去打掉孩子。"

星妈说:"不能去告。他受处分,你的名声也坏了,将来还怎么工作怎么成家?你先去做掉孩子,老娘再和鄂为好好谈一次,让他痛改前非,否则我要他的小命。这对大家都有好处。"

郦丽扑到娘怀里,小声啜泣。

一件原本山摇地动的事,星妈悄无声息地处置妥帖。

星妈发现唱武生的白小飞,二十九岁了还没有成家,他很喜欢郦丽。白小飞长得英俊,武功好,唱得也好,走的是杨小楼杨派武生的路子。

每次星妈和郦丽走进后台,白小飞肯定在门口迎接她们,谦和地问候:"郦老板好。星妈吉祥。"然后又说:"今晚戏份重,郦老板赶快去歇一歇。"有一次郦丽因受了风热有点咳嗽,他亲自上门,送来由他妈妈熬好的银耳冰糖汤,密封的小陶罐外还包了一片丝棉布。

事后,星妈问女儿:"他很喜欢你?这小伙子人不错,大家都说他的好话。他向你提过吗?"

"没有。"

"为什么?"

"他爸过世得早,妈妈又没有工作,还老是病,家穷。他怕被人看不起,从不谈成家的事。"

"你喜欢他吗?"

女儿脸红红的,点点头。

"小白是个实诚的人,我看行,他不说,你就说。"

"哪有女的向男的说呀?"

"呸,什么时代了?蠢!"

秋风飒飒,枫红桂香。

这一晚是折子戏专场,一共四出,第一出是郦丽的《贵妃醉

酒》，第三出是白小飞的《挑滑车》。

郦丽化妆时，老用眼睛往白小飞那边瞧。星妈也顺着女儿的目光去看白小飞，因他是第三出，不急着化妆、穿戴盔甲，木木地坐着，两只手不停地搓来搓去，还不时地摇着头。

星妈问："小白家里出什么事了？"

"他妈住院了。晚上他要演出，拜托医院的护士照看，他不放心哩。"

"我看你也是魂不守舍的，戏比天大，可不能演砸了。让我去告诉小白，我去医院照看他妈，你看好吗？"

"当然……好。"

星妈忍不住笑了，说："你呀——你呀！"

说完，就向白小飞那边快步走去……

这一晚的折子戏，出出精彩，叫好声此伏彼起如大江之潮。

卸了妆，白小飞奔到郦丽跟前，说："谢谢郦老板，谢谢星妈！"

郦丽小嘴一噘，说"还叫我郦老板？"

"哦，该叫郦丽。我们……一起去医院？"

"行！"

凤凰沱江夜

深秋时节。白天，在湘西凤凰观山赏水，叩访陈宝箴、熊希龄、沈从文诸先贤的故居，毫无倦色。入夜，同行的作曲兼男高音歌唱家伍音,告诉我们:"沱江的夜景不可不看,酒吧的歌不可不听,美景、美酒、美歌,岂能枉失?我做东请大家!"

伍音蓄着长发的头,往上昂了昂,抖动的发丝似乎传出了快乐的细响。他眼睛微眯,显得很神秘。

我们一行来自北京,都是搞音乐的,或在大学任教,或供职于专业文艺团体。伍音是首都一家电视台音乐节目的策划人,又能干又才华横溢。到湘西凤凰来采风,是他提议并促成的。当然顺带还有一个任务,电视台在两个月后准备搞一台"农民工音乐会",或许可以碰到一些好节目。

我们的住处离沱江不过数步之遥,于是,在华灯初上时,我们欣然前往。

澄碧的沱江,在两岸层层叠叠灯火的映照之下,宛若一条缀满珠宝钻石的长花带,熠熠生辉地系在凤凰城的腰间。两岸的酒吧、歌厅、店铺,比肩而立,灯火与星月争辉,歌声与酒香糅杂。临河的石板街道上,人如蜂拥,笑语纷至沓来。码头边停着排排游船,路灯下摆着卖小吃的摊子。土家族的汉子肩挑水果,沿途叫卖;苗家小姑娘捧着鲜花,向少男少女兜售表达爱情的浪漫。我想起十里歌吹的扬州瘦西湖,想起南京笙箫喧闹的秦淮河,想起宋代词人柳永吟咏杭州的《望海潮》:"烟柳画桥,风帘翠幕,参差十万人家。"此情此景,与其何其神形毕肖。

这场景,确实让我们亢奋,因为是初访。而伍音是旧地重游,且有数次,平日说起灯火沱江夜,我们只是半信半疑。

伍音引我们来到"守望梦"酒吧。两层小楼,格局不大,但清幽可人。奇怪的是大门边的台阶上,露天安放小巧的一桌二椅,大约是专为情侣所设,可近距离听江声观灯景,亦可听屋内传出的吉他声与歌声,再加上两个人的款款情语,会浪漫得让人发痴

发呆。一楼的小厅里,有小歌台、吧台、酒柜、书刊架,还有四五张小桌及相配的椅子。店主老杨,和伍音很熟,忙迎上来,说:"你几次打电话,说各位音乐家要光临本店,真是太荣幸了。"

"小石呢?"

"他得把家事料理一下,准八时到。先上二楼?"

"好。"

我们由店主引导上到二楼,长条桌临窗,十几个人各就各位。啤酒、香茶、水果、点心,一一摆上了桌,气氛一下子热烈起来。

喝酒、品茶、聊天,白天的疲惫如烟消云散。

很快就过了八点。

楼下的小厅,传来歌手优美的吉他声和歌声。伍音说:"是小石!这个歌手乐感很好,我过会儿把他请上来。"

酒酣耳热,茶沸舌甜。

又过了一会儿,年轻的歌手拿着吉他上来了。一问,他就是小石,苗族人,二十三岁,完全是自学成才,应聘于斯。他蓄着长发,脸白净,眉清目秀,穿着也很时尚。

他问:"各位老师想听什么歌?"

伍音说:"你喜欢唱什么就唱什么。"

吉他声响起来了,好听的歌声也随之而起:"姑娘姑娘我想你,太阳为你燃烧,月亮为你升起……"

小伙子弹得很动情,唱得也很投入。一曲刚完,掌声响成一片。

接着他突然嗓音一变成了女声,尖、亮、脆,民歌与通俗唱法糅合得严丝密缝。歌名为《月下纺纱曲》。"白天收稻光脚丫,夜摇纺车月光下。阿哥进城打工去,思念如棉纺成纱。"

我们对湘西民歌的音乐素材并不陌生,小石唱的曲调有变化,在运气、节奏上,分明融入了一些时尚音乐的元素。或是他自个儿的创新,或是有高人指点,但我们更相信是后者。

我问:"伍音,是你?"

伍音摇了摇头,说:"是小石的别出心裁,我不过提了点建议。"

小石又唱了两支歌,才挥手告辞下楼去了。因为,还要照顾楼下客人的点歌。

有人提议,我们都到一楼去,那里人多、热闹。

"好。"大家都很赞同。

于是,我们来到一楼。

小石坐在歌台上,伍音也在旁边坐下来,并和小石小声交谈,大概是从专业的角度提出建议。

伍音忽然大声说:"各位朋友,下面由小石演唱一首湘西古老的民歌《藤与树》,是表现爱情的坚贞不渝。现在的年轻人闪婚、闪离的太多了,听听这首歌,大家肯定会感动得要死要活!"

掌声、欢呼声,还有口哨声,此起彼伏。

小石长发一甩,边弹吉他边唱起来。歌词只有四句:"进山看见藤缠树,出山看见树缠藤。藤死树生缠到死,树死藤生死也缠。"小石先用男声唱,再用女声唱,倘若听众闭上眼睛,一定会认为是一男一女在合作演出。歌词形象、生动、有感染力,曲子虽是多少代流传下来的,但因作了改进和调整,新意盎然。

伍音坐在旁边打着拍子,不时地点头微笑。

我轻声对身边的同伴说:"这歌好呵,可让小石参加'农民工音乐会'。"

"对。伍音让我们到现场,为的是我们将来投个赞成票。"

我听人说过,沱江两岸的酒吧,歌手的队伍很庞大,真有人遇到伯乐,唱红了歌坛。也许小石是个幸运儿,今夜会让他终生难忘。

小石唱了好多支歌。

伍音也忍不住引吭高歌一曲,由小石弹吉他伴奏。

萍水相逢,短暂旅途亦如家。

夜渐深,明日还有采风任务,告别"守望梦",我们回到宾馆。

半个月后,我们回到北京。

首都电视台的"农民音乐会",按程序紧锣密鼓地进行。小石演唱的《藤与树》,入选了。

在离现场直播音乐会还有十天时,按规定所有参加节目的人必须进京排练、走场、试镜头。

伍音突然打电话告诉我,小石来不了!一是因他父亲早已过世,他又是独子,家有一个瘫痪在床的母亲,白天离不开人,夜里到酒吧去工作,还得请邻居帮忙照顾;二是"守望梦"酒吧离不开他这个台柱子,他一走,生意马上会冷淡下来,店主老杨说,如果小石要请假,以后就别在这里上班了。

"这也许是小石成为一个明星的好机会,但他只能守着家,守着'守望梦'酒吧讨生活。唉——"

伍音说完,长长地叹了一口气……

驴　友

在云山村,年近五十的牛忠和马丰,被人称之为驴友。

在网络新语汇中,驴友是指带着行囊徒步旅行的人,牛忠和马丰并不属此类。他们是牵着驴,让游客坐着看乡村风景的人,日出而出,日落而归。

家中的田土、菜园、山地,有妻儿侍弄,无须他们劳神费力,他们想的是怎么赚回现钱。

两年前,乡村旅游突然热了起来,青石镇成立了旅行社,其中有一个项目叫"骑驴看风景",号召属下几个村子的村民报名参加。驴子由镇上统一到河南购买,钱得由报名者自掏,驴主也就是牵驴载客的人。谁雇驴游玩,每小时费用为一百元,驴主可得六十元。云山村只有牛忠和马丰舍得出几千元去购驴,也看准了这是个来钱的好营生,业务由旅行社接洽,一天少说也能跑四五趟,比干农活轻松多了。

村里人说:"这下好了,牛、马、驴可以天天结伴而行了!"

山里人家住得都很分散,牛忠和马丰两家隔着一片小山林。按规定,他们必须在上午八点整赶到青石镇报到。他们往往是天刚亮就要出门,到一个大路口集合,再走一个多小时才能到镇里。

牛忠个子矮壮,脸皮粗黑,他的驴毛色黑而亮,是公的,叫小黑;马丰个子稍觉单瘦,脸窄长但白净,不像个常年干农活的,他

的驴也是公的,毛色青灰,在驴背、四肢中部有暗色条纹,好看,叫小灰。他们自配的鞍子,都是棕色软皮的,坐起来舒服;驴的脑门上扎着一朵红绸团花,很喜庆。

出门时,不是小灰长鸣、小黑应和,就是小黑高叫、小灰回答,此起彼伏,心心相印。

这个办法是马丰想出来的,相约出门时,与马忠同时用鞭子抽几下驴,不叫,再抽,只到它们大喊大叫。听到驴鸣,他们便去大路口会合。

听多了,他们对各自驴的叫声,变得熟悉和亲切起来。小黑的性子沉缓一些,"昂——昂——昂——"有停顿有拖音。小灰的叫声既阳刚气足又急躁:"昂、昂、昂、昂!昂、昂昂、昂!"

自家驴用鞭子抽,心疼;它还要负重行走一天,辛苦。有一个早晨,马丰用手握成喇叭状,放在嘴边学驴叫。没想到牛忠应答的驴鸣声,也是从口里发出来的!

见面时,牛忠问:"我们怎么都学驴叫了,不是作践自己吗?"

马丰说:"我读过一些古书,《世说新语》上记载,魏晋南北朝时的许多大文人都喜欢学驴叫,还有曹操的儿子曹丕也有这种癖好。牛忠,我们成雅人了。"

因为老是在一起,小黑和小灰俨然如兄弟,一见面,你碰我的脸,我挨你的身,亲热得不行。

牛忠问:"马丰,它们在悄悄说什么?"

马丰说:"说什么?说他们都长大了,该找女朋友了。"

牛忠说:"屁话。"

马丰仰天哈哈大笑。

这一天下午四点钟,日头开始西斜了。一对年轻恋人,雇了他们的驴,一起去打卦岭看落日。

女的骑的是小黑,男的骑的是小灰。牛忠和马丰牵着驴,并排走在前面。

少男少女不停地互相调侃、说笑,根本不需要牛忠、马丰讲解沿途的风景,他们正好省着力气哩。

女的说:"我妈问我跟谁去旅游,我说跟单位的女同事。"

男的说:"你妈看得紧哩。你不是照样'将在外,君命有所不受'?"

"呸——"

"什么'呸',我还'哎哟'呢。"

女的脸上涨得通红,男的得意地扬了扬手中的鞭子,让驴快步走到前面去了。

"前面就是打卦岭了。"牛忠回过头对女游客笑了笑,说。

"打卦岭上看落日,宣传单上的照片特别动人!"

很远的地方传来清亮的驴鸣声,只是看不见驴在什么具体位置。

牛忠说:"这是母驴的叫声。"

"你怎么知道?"

"因为听得多,声音里带一点温柔,昂哟——昂哟——,公驴没有。"

就在这时,男游客骑的驴仰天大叫,朝前面疯跑起来。牵驴的马丰想把缰绳拽住,但显得力不从心,反被驴拉得跌跌撞撞向前跑,一下子就看不见了。牛忠知道前面有一道断崖,可别出什么人命关天的大事!

因为有骑驴的女游客,牛忠只能一步一步往那儿赶。

半小时后,当牛忠拴好驴,再拼力顺坡登上崖顶,看见小灰的缰绳被死缠在一颗矮树上;男游客脸色苍白地趴在一边,说:

"牵驴的人为救我,摔到崖下去了。"牛忠站在断崖边俯视崖下,马丰的身子摔在一块大石头上,鲜血横流。他不由得大声哭喊起来:"马丰!马丰!我的驴友呵……"

马丰为救游客,在危险时刻,拼命把缰绳缠在崖顶的矮树上,发狂的小黑蹄子乱蹶,把他踢下断崖,摔死了!

马丰被当地政府授予"烈士"的称号。

牛忠陪着马丰的家人,还有许多村民,守了一夜的灵。到第二天早晨出殡前,牛忠站在放骨灰盒的灵台前,大声说:"马丰,你爱听驴鸣声,我就学小黑的叫声为你送行吧。"

锣鼓声、鞭炮声停了下来。

"昂——昂——昂——"

密码生涯

在日新月异的现代生活中,谁也离不开密码。银行的个人存折,存款、取款需要密码;电脑上网,个人邮箱,都有自己设置的密码,否则程序没法打开。还有医疗卡、保险卡、购物卡……密码只有自己明白,即便遗失和被窃,谁也没法使用。流行的时髦语叫:"我们都住在密码里!"

我爹是一家国营电机制造厂的工程师,我妈是市立医院的护士长。一个叫东门雨,一个叫南宫月。从姓名到秉性,被人称之为"绝配"。他们在各自单位尽忠职守,在生活中相濡以沫。即便在家庭经济管理上,爹是财务总管,妈用的大钱、小钱只管去他那儿支取。每月的余钱,爹都存进了银行。密码是多少,没人去打听。他们的不同点,是爹爱上网,他要在网上了解国内外的新技术、新工艺,要在自己的邮箱里保存历年经营的资料。而妈与电脑形同陌路,没有时间也没有兴趣去玩这劳什子。

我大学读的是中文系,毕业后当上了初中语文教师。二十五岁时,和一个女同事热恋几个月后迅速筑起爱巢,幸福得让人发疯。因举行婚礼是2009年5月18日,于是我所有要用的密码,都改成"2009518",如果字数不够,再在前面加上"AA"。恋爱时我和她就约定,新婚后的生活采用"AA制",又时尚又简便。妻子会使用什么密码呢?她不说,我也不问。

我们双双跌入爱河时,吟赏风花雪月,不知今夕何夕。一旦上岸,面对凡俗的衣食住行,一个个矛盾接踵而来,先是彼此埋怨,然后是小声、大声吵架。在一次大吵大闹时,各自拎起彩色玻璃制作的细颈花瓶和敞口花盆,摔碎在地上。最终结果是说一声"拜——拜",我们分手各奔前程。

爹妈虽很伤心,也只能长叹一声:"东门望啊东门望,叫我们怎么说你!"

每当我使用"2009518"这个密码时,就会刺得眼发痛、手发抖、心发酸。于是,想起我的生日是1984年6月29日,便把密码改成"1984629"。我在邮箱的日记本上,写下这样一段话:"爱情有如好看而脆弱的玻璃制品,破碎后,与那个制造的日期已毫无关系。记住自己的生日吧,便知道这个世界还有一个'我'!"

在以后的日子里,我好好地备课、上课、家访,抽时间认真地读书、撰写论文,不去想成家的事。没想到天赐良缘,我二十七岁时,一个家长牵线,让他当医生的妹妹和我相识、相恋,一年的慢工细作,彼此觉得中意,结婚了。到我二十九岁时,一个白白胖胖

的儿子,哭喊着来到我们家。妻子姓百里名兰,她说:"你叫东门望,是出东门而望子来!儿子叫什么?"我说:"爹给孙子赐名东门立,祝他长大后好好做人立世。"

我没有再改密码,结了婚,生了子,往后的日子还长,再别出什么变故。

妈正好五十五岁,退休了,定要来我家帮着带孙子。爹比妈大三岁,还得等两年才能息影林泉。爹妈家和我家虽同在一个城市,但相隔较远。爹吩咐妈住到我家来,他三顿饭都可以在工厂用,晚上回家无非是看电脑、查资料。妈担心爹心脏不好、血压高,爹一笑:"怀揣救心丹、降压片,阎王见我都心颤。你放心去带孙子!"

几个月过去了。三九隆冬,朔风吼,大雪飘飘。

一天中午,我们正吃中饭。我的手机响了,是爹的工厂办公室打来的,说爹因试制新产品连日加班,近午时心脏病、高血压病发作,突然昏倒在车间,现正在医院抢救。

好在家里有车,全家匆匆赶到医院。当我们站在爹的病床前时,昏迷中的他蓦地睁开眼,嘴角还挤出一丝微笑,挣扎着从口袋里掏出一个小本子交给了妈,然后手无力地垂下,闭上了双眼。

爹没有说一句话,平静地离开了我们。

等爹的丧事办完,妈和我们一起翻看爹留下的那个小本子,竟然记的全是密码和简短说明文字:

储存技术资料的邮箱密码,为"19491025",是爹供职的工厂创建的时间——1949 年 10 月 25 日。

二十年前,开户于中国银行的存折密码,是妈的生日:"19501218"。

几年前,在市新华书店办的购书卡,可在网上选书并送书上门,密码是我的生日!怪不得爹总要我提供喜欢的书名,隔三岔五会把书送到我的手上。

爹新办的电脑QQ号,是孙子东门立的生日!

妈流着泪说:"你爹想的是工厂,想的是别人,他活在别人的密码里。"

我忍不住大哭起来。

此后,妈妈学习用电脑了,密码是爹辞世的年月日。我也把密码,改成我与百里兰结婚的年月日。百里兰则把她的密码,变成东门立出生的年月日加上我妈的岁数,让孙子记住他是奶奶五十五岁时出生的。

人生的最佳密码,是想着、记着别人。我是你的密码,你也是我的密码!

电报哥

万家甸快八十岁了。白眉、白须、白鬓发。腰板直,眼睛亮,说话嗓门大,精气神很旺。老邻居、老同事碰见他,总会恭敬地称他"万老"、"万爹",绝对不会造次地叫他"电报哥",这倒常让他感到恍然若失。

之所以他曾有"电报哥"的外号,是因为1953年十八岁时,招工到湘潭市的邮电局,首先当的是电报送报员,骑着一辆绿颜色的自行车,走街串巷送电报,一干就是七年。因为他读过初中,肚子里有墨水,而且记性好,被调到电报班当译电员,五年后因

工作实绩耀人眼目,被提升为班长,手下管着二十几号人。他在电报班再没挪过窝,一直干到六十岁退休。他在电报班不但资格老、技术精,而且对大家体贴、关心,于是都异口同声叫他"电报哥"。后来,连单位外的人,也是这样称呼他。

译电报不但要准确,而且速度要快,必须对电报码死记硬背下大功夫。初级工要能背出记住两千字,中级工为三千字,高级工呢,四千字。万家甸仿佛有特异功能,他能熟记一万字!别人问他这是为什么?他笑着说:"我不是姓万吗?名字叫家甸,听起来就是'家电',我译的是千家万户的电报!"

20世纪50年代末,在一次全省邮电系统的译电大赛中,他一分钟可译140字,而第二名一分钟只译了120字,于是他蟾宫折桂、金榜夺魁。

他当班长,不担译得多、快、准,而且对其他译电员的译文也要一一过目审看。他常告诫大家:"虽是家常电报,千万、千万不能粗心,尤其关系到'喜''丧'内容,更要反复检查。'喜'字是0823,'丧'字是0828,要死死记住,这叫万家忧乐在心头!"

他除了多记多背电报码外,还喜欢读关于全国、各省、各市县以及有关乡镇的地图册、地名书。别人问他有什么用?他说电报发自哪里、发往何处,必须准确无误,否则会误大事。"

在老同事的记忆中,万家甸有两件事最让他们难忘。

1961年春,本市一所中学的一个青年语文教师靳侯,很有才华,因出身不好,遭到热恋中女友父母的坚决反对,一时冲动,竟投毒使女友全家中毒住院,幸好未危及生命。靳侯却远走高飞,不知去向。那时候一般的家庭都没有电话,更没有电脑,逃犯若要与家里联系,只能靠书信和电报。公安局便与邮电局取得联系,凡有外地寄往靳家的书信、电报,都请通知他们。

一晃三年过去了。

有一次，万家甸译出一封从新疆石河子市，发往靳家的电报，没有称呼，内容是两句诗："和美田园策马走，勒石古贤戍生苔。"落款是"易珊吾"。这封电报让他想起公安局同志对他说过的话：靳家在外地没有什么亲朋好友；各地的户口管理很紧，逃犯唯一可去的地方是新疆，从内地去的人称之为"盲流"。他从落款的"易珊吾"推测出诗句中的一、三、五字是关键字，果真拼接出和田、策勒、古戍乡三个词组。他眼睛一亮，这些地名他在书上看到过，这靳侯应在新疆和田地区策勒县古戍乡！电报是靳侯专门去石河子市发出的，为的是让人产生错觉。他叹息，这么有才华的人，居然在逃亡中，还有这个雅举。

后来，公安局派人去了这个地方，把靳侯抓捕归案了。

还有一件事，1976年冬，青海湖畔举行世界性的自行车大赛，决赛到第三天傍晚才结束。本地的一家《运动报》，派了记者到现场采写新闻。决赛名次出来后，记者激情洋溢，写了三千字的长篇通讯，那时还没有电脑这玩意，是用电报发过来的。收到电报时，已是凌晨一点。报社打电话来，说会派人来电报班，必须尽快译出，因为要上当日的头版头条。

值班的是万家甸，他手拿电报码稿，边看边飞快地念出译文，由两个人来速记，半个多小时就完成了。他再仔细校对后，签字交给坐等的报社来人，前后也就一个小时。"电报哥"真有神功绝技！

岁月更替，日新而新。生活的蝶变，令人猝不及防。电话进入千家万户，手机几乎人手一台，电脑也变成了极平常的物件。到了1990年左右，以往作为通信联系的主要方式——寄信和发电报，已经日渐式微。又过了几年，万家甸从业务萧条的电报班退

了休，退休的心情没有一丝愉悦，而是"无边丝雨细如愁"，电报居然落到如此可悲的地步。

息影林泉，儿女都成家了，孙儿、孙女一天天大了。老伴劝他别想电报的事了，练练太极拳、打打麻将吧；儿女劝他多出外旅游，去看看燕山雪花孤山梅。他摇摇头，又摇摇头。每天除了看看报和电视，大量时间花费在读和背电报码上，或者自个儿草拟各种内容的汉字电报稿，再变成阿拉伯数字的电报码，然后又译成汉字，他觉得心里很安适，很满足。

社会上不用电报了，他还用。他与电报血肉相连，与时俱进！

当年电报班的同事，也陆陆续续退休了。有的因儿女在外地工作、成家，便兴致勃勃前去带孙子，成了当下所称的"老漂族"；即使与他同住一城的人，因住处不同、身体状况有别，要见一面也非易事，无非是打个电话互道平安。

万家甸满七十九进八十的诞辰，是 2015 年的阳历 3 月 10 日，正是春意盎然时。

天刚亮，万家甸就起床了，打开手机，"嘟、嘟、嘟"的声音，连连响起来，是短信！他忙戴上老花眼镜，一条一条地看。都是贺寿短信，都是他当年的老同事从外地和本市发来的，都是用阿拉伯数字的电报码写成的！他太熟悉这些电报码了，便边看边译成汉字：

"电报哥，祝您八十华诞，身健如铁，寿过期颐！XXX 敬贺于北京。"

"电报哥曾为电报事业劳心费力，世人皆誉。祝生日快乐！全家吉祥！XX 敬呈于湘潭。"

"不老八十电报哥，犹是青春'80 后'！XX 致贺于吉林。"

……

这是另一种形式的"电报"啊,当年的老同事竟然相约用手机发电报码为他贺寿,是真正懂得他的知音。电报没有消亡,比以前更活活如生!他含着泪,用颤抖的手,在手机上发出一串串电报码,表示由衷的谢意。

他明白了,这些与电报打了一辈子交道的人,和他一样,对电报仍怀着深深的眷恋,电报码是刻在记忆里的一道风景,抹也抹不掉。他兴奋起来。现在大家都闲下来了,手机上用电报码发短信又方便又快捷,问好、贺寿、道喜、倾诉衷曲……皆可用之。他清楚地记得,再过几天,是当年的电报班副班长七十五岁生日暨结婚五十周年纪念日,他要用电报码发短信去热烈祝贺!

小 偷

这三天,吴小寒真是度日如年。

四十岁的汉子,吃不香,睡不安,做事笨手笨脚,眼皮子发青,壮实的身坯仿佛剜小了一圈。

三天前的那天是星期一,轮到他休班。老北风吼,雪花乱舞。在乘公交车去本地一家大医院时,他的钱包被小偷"顺"走了。鼓鼓的钱包里,装着五千二百元钱,还有这个月领取工资的工资条、到血库卖血的领款凭据、写着他工作单位和手机号码的小卡片,以及他代表工友写的慰问信。

平素丢了钱包,他不会这么焦急,自认倒霉吧,可这钱是救命钱!

和他同村又一起来城里打工的刘大暑，因患严重胃病必须动手术。工友们和他已经捐了一些款，但还不够。刘大暑家境困窘，又没有办医疗保险卡，什么钱都得自己掏。于是吴小寒决定拿出这个月的全部工资，又去卖血变成现款。谁知道这丧天良的小偷，把手伸进了他的口袋里！他只好赶快下车，无精打采地回到打工的木材加工厂。没想到两个小时后，他接到一个陌生男人的电话，简短地相告：钱包拾到，因手头事多抽不开身，三天后会送到厂里来，请放心。说完话，手机就关了。

吴小寒先是一喜，接着又陷入更深的悲愤之中。倘若要送还，还要过几天吗？他的口袋很大很深，绝不可能掉出来，分明是小偷蓄意要折磨他，让他更伤心更失望。他忍不住骂了一声："可恶！可恨！"

第三天晚上九点多钟，吴小寒闷闷地坐在集体大宿舍里。工友们有的在看电视，有的在打扑克牌，有的在神聊海侃。厂传达室值班的老马突然打电话来，说有一个年轻人，送来一个用破白布包的包裹，上面写着吴小寒的名字。吴小寒问："人呢？"老马说："放下包裹就飞快地走了。你快来拿吧。"

吴小寒雷急火急地跑到传达室。

破白布用粗疏的针脚缝成一个袋子，上面的"吴小寒先生收"几个字，是用废炭块写的，又大又粗。他当着老马的面撕开袋子，哦，是他那个鼓鼓的钱包，钱包下还压着一封信！

信是用一张脏乎乎的材料纸写的，字迹歪歪斜斜，还有不少错别字：

吴小寒先生：让你久等了，对不起！我就是那个偷你钱包的小偷，一个有罪的人。我当时喜饱了，这么多钱呵，马上去馆子，吃了两百元。吃完了,再看里面的几张纸条和那封信,我大吃一惊,又难过又佩服。你是好人,为救不是亲人的刘大暑,你捐出一个月的工资,还去卖血换钱。我干这事才几次,良心还没有坏透,我应该把钱包送回来,否则天地不容。可我用去了两百元,得补上。我去码头上扛包,两百元一天,累死累活一共干了三天。补上你的两百元外,我也捐两百元赎罪。剩下的两百元作路费,我要回外地乡下的老家去。父母早没有了,还有一个奶奶靠我养活,请原谅我不能去自首。但从此以后,我不会再干这个缺德事了,我要靠劳动养活自己和奶奶!也许,有一天我会到你这个好人身边来打工,学做一个好人!

一个决心重新做人的人

吴小寒看完信,泪流满面。他问老马:"这人是个什么模样?"

老马说:"他穿着破旧的大棉袄,戴着口罩,没露庐山真面目。"

"口音呢?"

老马想了想,说:"是北方口音,但弄不清是哪个具体的地方。"

"老马,谢谢你。"

……

几年过去了。

吴小寒总是想起那封信最后的几句话,那个人是不是来到了他们厂或附近的厂打工呢?他特别留意有北方口音的年轻的农民工,有时还想上前去问一问,到底是不是那个人,最终还是忍住了。是又如何?不是又如何?他相信那个人一定过得好,这就行了!

打更人

现在的城市里，还有打更这个行当吗？

有。

在古城潭州的金富街，夜夜都有打更的锣声、梆声、报更声。闻名遐迩的司晓光，当了十年的打更人，已年近花甲了。

金富街坐落在云湖公园的旁边，是十年前由政府投资兴建的一条仿古商业街，一色的明、清建筑风格，砖木结构，粉墙青瓦，紫窗红柱，飞檐翘角，高的也就两三层楼。门脸各有不同，但都设置了匾额、对联，一般由名家题写，极古雅。街道有两里来长，两边大大小小的商铺琳琅满目：南杂店、百货店、古玩店、饭馆、茶馆、家具行、刻印铺、铁匠铺、铜匠铺、纸马店、小吃店……五行八作，多是传统行业，让人流连忘返。老板和属下，一律穿旧时服饰，营造出一种久远年代的气氛。夜深人静，自然不可不有打更人的锣声、梆声、报更声，让人一下子跌入遥远的时空。

按潭州以往打更的规矩，一夜分为五更。从夜七时开始定更，每两小时为一更，一直要到第二天凌晨的五点。打更的"更"字，要读"惊"。每个更次，锣声总是悠长的一响，而梆声则一更敲一下，二更敲两下，直到五更敲五下。司晓光的报更声，苍凉中透出一种力度："三更——嘀，防火防盗！家小平安！"

锣声、梆声、报更声，在人们的梦边响过去，很有安全感。也有人会自然而然地醒过来，叹息一声："这么显赫的人物，落得夜夜打更为业，我们得好好做人。"然后合上眼，又恬然沉入梦中。

在20世纪80年代初，高中毕业后的司晓光，不甘心随父母在乡下种田，搞起了贩运农产品进城销售的营生，在市场经济的大潮中，淘到了第一桶金。然后，他搞起了农产品深加工，杀进生产"绿色食品"的广阔天地。在最辉煌的时候，他任董事长的"放心食品总公司"下面，有鲜笋罐头厂、猕猴桃罐头厂、腊制鱼肉厂、酱菜制品厂、精制茶油厂，在城中还有多家专销店。报纸、电视上，常有关于他的报道：爱心捐助、为遇到困难的同行担保贷款、出席各种重要会议……他的爱情和婚姻，也结出了甜蜜的果实，和城里一个又漂亮又贤惠的中学语文老师栾素素结了婚，接着宝贝儿子司小旭也来到了人世。

儿子的名字是栾素素取的，她对丈夫说："你是晓光，天刚亮晓色初起，儿子是将升起的小太阳！"司晓光说："这名字好，儿子应该强过老子。夫人哪，你不愧是才女。"

那时的司晓光，蓄着小平头，说话高声阔调，从衣服到皮鞋无一不是顶尖的名牌，脖子上挂着很粗的金项链，手指上还带着几个金戒指。

栾素素从来是素面朝天，不喜欢化妆，不喜欢佩戴金银、珠宝首饰。她劝丈夫不要戴金项链、金戒指，俗气！司晓光笑一笑，我行我素。

也不知是什么缘故，司晓光迷上了吸毒和赌博，而且越陷越深。但他绝不让妻子和儿子知道，一切都在家之外进行。栾素素从不管丈夫经济上的事，她只要衣食无愁，就上班兢兢业业教学生，下班后认认真真课督儿子，从从容容地打发日子。

当司小旭高中毕业，考上美国的一所大学，栾素素也准备留职停薪去陪读时，司晓光似乎从一个噩梦中醒了过来。他给了妻子和儿子一笔大钱,然后避开儿子和妻子好好地谈了一场话,说他另有意中人了,而且不可自拔,恳请离婚。栾素素先是惊诧,然后大度地说:"我不难为你,祝你过得幸福!你放心,儿子我会好好教育他,他毕竟是司家的血脉。"

妻儿出国之后,司晓光带着所剩不多的钱,去了戒毒所。待完全戒除了毒瘾,又在这里做了一年的义工,正好是半白年华,而且身无半文了。

这一年,金富街落成,老板们争购店铺,捋袖要大干一场。许多老板是司晓光的旧识,而且关系不错。当司晓光走进金富街管理委员会,谦和地说要找一份工作聊以糊口时,人家并不厌弃他,热情地荐介他去一些店铺应聘当管理人员,而且说他曾帮过很多人的忙,又有经验,没有不欢迎他的道理。

司晓光摇摇头,说:"听说你们要招一个更夫,能聘用我吗?"

大家愣住了,打更每月工资很低,并且也不体面。再一想,司晓光肯定是羞于白天见人,才选择了夜晚的活计。

司晓光淡然一笑,说:"我孤身一人,现在又不抽烟不喝酒,粗茶淡饭,穿衣也随便,工资够用了。不过我不是要避开熟人,而是要在安静的夜晚提示他们:一个曾有过成就的企业家,因行为不检点,竟沦落成了一个更夫!打锣、敲梆、报更,并不低下,关键是我醒悟了,还可作为一个现身说法的标识,对世人起一种警示作用,何乐而不为!"

大家情不自禁地鼓起掌来。

一晃十年过去了。

这是一个冬夜,朔风卷着雪花满街飘飞。

司晓光打过四更,正是凌晨三点。他走进街后面的值班屋,拍了拍身上的雪花,坐到火炉边,沏上一壶茶,舒舒服服地啜了几口。

门忽然被推开了,小心翼翼地走进一个三十来岁的中年人,问:"老人家,我能在这里坐一会吗?"

"欢迎。"

门重新关上,还上了栓。

这一老一少似乎谈得很投机,直到该打五更了,那个中年人才告辞出来,匆匆而去。

紧接着出门的司晓光,打了一声锣,敲了五声梆,用悠长的声音喊道:"五更——嗬,天要亮了!天要亮了!"

莫道街静无人知晓,这场景居然被早起的人看到了,并说来访的是司晓光的儿子司小旭!

于是,金富街便悄悄地有了许多传闻。有的说司小旭在美国读完了大学再修硕士、博士,如今在美国搞科研,领了绿卡,成了家,母亲栾素素和儿子一起生活。有的说,这母子俩慢慢知道了司晓光的行状,儿子专程来劝说父亲到他那里去安享晚年,但司晓光执意不去,还说他就"钉"在金富街了。有的说得更玄,仿佛是亲临其境,称司晓光听完儿子的苦劝,说:"一个吸过毒又嗜过赌的父亲,你一定觉得有辱身份,要不怎么会选择这样的时间来看我?但我不怪你,你能来,就已见孝心了。我不去,是想做此生中最值得做的一件事:让人洁身自好,或者让人迷途知返。今后,你就不要再来了!"

是真?是假?谁说得清楚呢。

只有金富街的锣声、梆声、报更声,每夜执着地响了又停、停了又响……

蟋 爷

这一群上了年纪的虫友,常常聚会的地方,是平政街关圣殿旁的"常乐居"小茶馆。

小茶馆有年岁了,旧式砖木结构,两层楼,门脸不大。但横匾和门联却是名人书写和镌刻的。联语云:"常以知足为乐;乐因荣辱如常。"小茶馆似乎力拒"时尚",盛夏不用空调不用电扇,用的是旧时代店铺常见的"布扇",带轴的横幅厚帆布悬挂半空,一绳系轴,由人手拉着来回晃动生风。冬天只在一楼的厅堂正中央生一炉炭火,热力四射,畏寒的坐一楼,喜欢凉润的上二楼去。

如今的老板叫常青松,五十多岁,中等个子,脸上总浮着热情的笑。

雪花儿飘飘洒洒,如梨花坠枝,似玉蝶振翅。还有七、八天,就要过春节了。

虫友们围坐在二楼临窗的八仙桌边。一人面前摆一只有托有盖的白瓷茶碗,茶叶一律用的是"君山毛尖"。桌子中间,相挨相靠的是几只鸣虫葫芦,里面蓄的是蝈蝈,你方唱罢我登场,让人仿佛置身密林、草地。

"多少日子没见蟋爷了,想他哩。"

"若是蟋爷在,他的蟋蟀叫得最有灵性。"

"那是个真正的玩家。"

"是呵,是呵。"

于是大家沉默下来,喝茶、听蝈蝈的叫声。

蟀爷应邀到青海省会的"西北京剧团"协助排戏去了,入秋后走的,一眨眼就快半年。

蟀爷是虫友们为他起的尊号,而且"蟀"与"帅"同音,蟀爷也就是帅爷。他叫武长林,是湘潭京剧团的"郝(寿臣)派"名净(花脸),扮相、唱功、做工都有过人之处,可说是名震江南。特别是饰演鲁智深的戏,如《醉打山门》、《桃花林》、《野猪林》等,最为人称道。他塑造的鲁智深,矮胖广体,袒露大肚皮,憨厚、正义、刚强、勇武、机智,每个细部都神采飞扬。六十岁时,他坚决要求退休,为的是年轻人已经脱颖而出了,得让他们有更多更重的戏份,他不能老挡在前面,应该高高兴兴地让道。

蟀爷从小到老,业余喜欢玩虫,但情有独钟的是蟋蟀。养蟋蟀不是为了去开斗,是为了听虫鸣。他觉得能从蟋蟀高低、粗细、长短的叫声里,听出花脸唱腔的韵味。夏虫、秋虫都好养,养冬虫不容易。蟀爷擅长养过冬的蟋蟀,既可磨砺自己的耐性(这对于唱戏有好处),又能体现自己的智力,故而乐此不疲。

养冬虫在霜降前后开始。蟋蟀壳初脱,色苍白,渐次转黑,此时最怕受寒,要装入葫芦暖在怀中。初蜕虫是不能鸣叫的,十日后方振翅出声,但间隔的时间长,称为"拉膀"。又过十日,鸣声连续而渐悠长,叫作"连膀"。蟋蟀是夜鸣昼不鸣的,蟀爷夜晚要登台唱戏,没法子听。他就训练蟋蟀只在白天鸣叫,方法是每夜将盛虫葫芦放在稍冷的地方,使其收拢翅膀而噤声,持续数日便能改其习性,遇暖而鸣。

蟀爷退休后,清早去雨湖公园练嗓、打拳、清唱几段戏文。早饭后,就乐呵呵地去"常乐居",和虫友们喝茶、聊天。冬天的日子,蟀爷一进门,大家就听见他怀里蟋蟀的叫声了,然后叫声沿

木楼梯而上,来到八仙桌边。

"蟀爷,早!"

"各位爷,早!"

"蟀爷,用过早餐了?"

"用过了!用过了!"

蟀爷坐下来,从怀里掏出葫芦,放在自己的面前,蟋蟀的鸣叫声宽厚、雄浑、悠长。

大家都叫好。

"有点儿像我的嗓音吗?"

"真像。它无疑是蟋界的名净!"

蟀爷哈哈大笑。待蟋蟀不叫了,他又把葫芦塞入怀中。暖一暖后,鸣叫声又朗然而起,于是再把葫芦搁到桌上。

蟀爷说:"人之冷暖与虫之冷暖,能合而为一者,称为化境,你们说是不是?"

"对!"

优哉游哉,五年过去了。

这是个秋天的上午。蟀爷到十点钟的时候,才走进"常乐居"的二楼。他没有坐下,站着向大家拱拱手,说:"我来向各位爷辞行。我的一个学生在青海的'西北京剧团'当团长,亲自登门请我去协助排练《野猪林》,以便参加北京举行的'全国迎新春京剧大赛'。学生还在我家里哩。吃过中饭,我们就去飞机场了。忙完这段日子,我就回来。再见!"

蟀爷双眼发潮,恋恋不舍地挥挥手,念了句京白:"各位爷保重,洒家——去——了。"

楼上楼下,响起一片叫好声。

蟀爷去了青海,让大家很惆怅。幸而蟀爷得便时,常会在某个上午,打手机到"常乐居"来。他告诉虫友们:新版《野猪林》有不少可看处;上京演出是哪一天,有中央台戏剧频道的直播,请大家一观;《野猪林》得了金奖,授奖大会是哪一天;他还回不来,还得协助排练《赛太岁》《法门寺》《捉放曹》等"郝派"名剧……

有虫友问:"蟀爷,你掏出葫芦凑近手机,让我们听听蟋蟀的叫声。"

蟀爷说:"我确实把蟋蟀带去了,可我忙得没时间饲养,只好把它们放了……对不起。"

……

常青松提着大铜壶,笑吟吟地上楼来为虫友们续水。茶壶一抖,一道沸水从壶嘴跳出,直注茶碗中。

"常老板,你是摆开八仙桌招待十六方的人物,可有蟀爷回湘潭的消息?"

常青松说:"下面有个茶客,是蟀爷的邻居。他刚才告诉我,蟀爷不回湘潭过春节了。"

"为什么?"

"因为'西北京剧团'获了大奖,人气极旺。那里的戏迷强烈要求,在春节期间搞个演出旬,十天的票都卖出去了。听说蟀爷还要'出山',演《飞虎梦》的牛皋、《除三害》的周处。团里派了专人来,接蟀爷夫人去那里过年。"

"蟀爷恐怕要元宵节后才能回来了。"

"那也未必。听说'西北京剧团'元宵节后,要去香港、澳门演出,蟀爷能不去?他的学生有本事呵,硬是把蟀爷'粘'在那里了。"常青松说。

于是,众人一片唏嘘之声。

有人问:"蟀爷就不玩蟋蟀了?"

常青松答道："弘扬国粹京剧是大道。玩虫呢，虽是国粹，但只能算小技。蟀爷不会舍大道而重小技。"

"那是，那是。蟀爷呀，他是高人！"

野菌王

望衡县是个山区县，因可以遥望南岳衡山而得名。真正处在衡山余脉地段的是跑马乡，与县城相距近百里。而该乡的古木村，则与邻县搭界，四周山峦起伏，林木茂密。但冷浸田一年只能种一季稻，产量也低；菜地东一块西一块，由分散的人家自去打理。好在还有茶叶、茶油、木材、草药的出产，日子倒也过得自给自足。

覃子良是古木村的村主任，六十来岁，长得结实粗壮。覃家的一栋两层的砖瓦房，矗在山深林密的葫芦谷，只有他和妻子秀姑两个人居住。大女儿、二女儿早嫁到外县去了；小儿子覃小锋大学毕业后，考上了本县文化局的公务员，也成了家，如今三十二岁了。

覃子良常对秀姑唠叨："小锋怎么就不进步呢？上十年了，还是个普通干部。我都是带头衔的村主任哩。"

秀姑笑了，说："村主任是个什么官？有级别吗？"

覃子良颈根一硬，说："可我还是有名的'野菌王'，会采菌，赚得到活钱，这栋砖瓦房是怎么来的？用卖菌子的钱建的！"

秀姑不作声了。

这片山区确实出产菌子。菌子就是蘑菇，古书中又称作"菇"、"蕈"。很多人只是碰到了，随手采来做菜吃，而且是一般常见的菌子。但覃子良却是可以定时定点去采，好像到自家菜园里摘菜摘豆一样，而且总是满载而归。他认识各种各样的菌子，品优品劣，有毒无毒，怎么处置，怎么烹炒，都是他爷爷、父亲口传身授。他也遵循祖训，这些奥妙从不对外人言。

菌子主要生长在春、秋两季，常见的有地皮菌、丝茅菌、雁鹅菌。覃子良却能从他人很少去的密林里、草坡上、沟壑边，找到洁白的菌伞上有绿色、黄色斑点的绿豆菌、黄豆菌，深紫色的平片菌子名叫紫云菌，有一种成群成簇个如红宝石般的胭脂菌。胭脂菌采回来后，则要经过灶火熏烤，才能食用，否则麻口。此外，还有寒露节前后才长出的寒露菌，洗净、晾干，再浸泡在盛着茶油的坛子里，称作茶油寒菌，可炒可煮，味皆鲜美。要找到这些菌子的生长处，得会看"菌脉"。菌子落下孢子才生长菌丝，土里有菌丝的地方叫"菌脉"。覃子良有好眼力，知道"菌脉"在哪里。

寒露节快到了。

覃子良的手机忽然响了，是儿子打来的。

"爹，今年的寒露菌别卖出去了，都留给我。"

"小锋，你要这么多干什么？往年的这几天，我可以采五六十斤。五十元一斤，我可以收入一大笔钱。"

"爹，我要它有大用，绝不是为了转卖给别人。钱，我给不起，就当你赞助儿子吧。菌子要用茶油浸泡，放在坛子里，一共要十坛。"

"好吧……好吧。"

"爹，你儿媳妇要跟你通话。"

"我听着哩。"

"爹,你孙子最喜欢吃寒露菌了。到时候,我们会开车来拉。"

"呵,好,好。"

……

一眨眼,冬至节快到了。

风刮得紧,霜下得重,只是还没下雪。

早饭后,覃子良和秀姑坐在厅堂里,烤着木炭火。

"那十坛寒露菌,够我们孙子吃大半年了。那阵子采菌累狠了,差点让我这把老骨头散了架。"

"是呀,老头子本事大哩。"

覃子良的手机响了,一接,说话的竟是孙子。

"乖孙子,放寒假了吧?你爹妈上班去了?"

"嗯。爷爷、奶奶,我想吃寒露菌。"

"孙子,你家里有的是,等你爹妈回家了,让他们给你做菜吃。"

"家里没有了。"

"怎么没有?十坛!"

"都送人了。"

"送给谁了?你说。"

电话里传来哭声:"送给他们单位上的人了。爹妈说,他们要进步哩。"

"屁话!就不能留一坛子给我孙子!"

"他们说,这样的好东西,城里有身份的人才看得上眼。"

关了手机,覃子良的脸色很难看,忍不住连连叹气。

"现在正是冬至菌出土的时候,只是又少又难找。也只有我们这地方有这玩意,我马上进山去。"

"老头子,天冷、路滑,去不得!"

"不怕,找到了,我要坐长途汽车送去,让孙子好好尝尝老家的风味。"

"好——"

覃子良的眼里,忽然涌出了泪水……

虎啸震千山

年逾古稀的老画家高昌,阔别故乡虎山县三年后,欣然归来了。不是应县委、县政府的邀请,而是主动打电话要来,声明路费、住宿费、餐饮费都由自个儿掏,决不增加公家的任何负担。

县委书记荒薪说:"你还耐烦等两年,虎山县会更好看。"

高昌说:"等不得了,看了报纸和电视,想得我坐立不安。"

县长魏艾说:"我们都很忙,没工夫陪您啊,怕少了礼性。"

高昌答:"只给我派个向导就行了,由我负责他的所有费用。你们不陪,我更好去实地考察。哈哈。"

虎山县在本省的西南角,从省城坐火车去也就十几个小时,高昌居然三年没来。以前,每年他必来两三次,都是县委、县政府邀请的。虎山县一直戴着顶"贫困县"的帽子,属"老、少、边、穷"地区。"老"者,革命老区;"少"者,除汉族之外,还有苗、瑶、土家族;"边"者,处在本省的边界处;"穷"者,除了薄产粮食、木材、山货外,财政收入极为拮据。

为了稳稳地戴牢"贫困县"的帽子,省城、京城若有掌实权的大人物下来视察,县里没有什么稀罕东西款待,就提早把高昌接

来，现场画张指画相赠，既不算是行贿，但画的名贵明摆着的，于是便会不断得到各级部门的扶贫救助款。除此之外，高昌只要听说县里有建希望小学、救灾、助残的消息，便会慷慨地寄钱过去。尽管他出来读书、工作几十年了，老家也没什么直系亲属。他驻节省城，曾为"潇湘画院"的院长，退休了，"著名指画家"的头衔没变，对桑梓之地岂能不关心？

何谓指画？指画又叫指头画，是国画中的一个品类。画家不用毛笔，而是用指头、指甲、手掌，乃至腕、肘，蘸水墨或颜料，在宣纸或素绢上作画。史载，指画的创始人，是清顺治时的高其佩，花鸟、人物皆佳，被誉为"神乎技矣，进乎道矣"。现代画家中的潘天寿，既可用笔也可用指头作画，成就斐然。高昌师法高其佩、潘天寿，以画人物和老虎见长。且喜欢作大幅，画人物神形俱妙，衣纹纯用焦墨，线条挺拔凌厉；画老虎，以指甲、指头勾线，以肘、腕印墨来表现其攫伏之势，最为人称道。

三年前，虎山县新换了县委书记和县长。一个叫荒薪，一个叫魏艾。都是三十岁不到，是名副其实的"80后"。他们到省城开完会后，特地来看望高昌。

在宽敞明亮的画室里，高昌热情地接待了他们。当高昌听他们自报家门后，说："二位的姓名很有意思，'荒'原之'薪'，一旦点燃，便会星火燎原。'䒜'者，是一种很有穿透力的放射性物质，什么障碍都可破毁。二位的姓名合起来，谐音'方兴未艾'，希望你们挂帅领兵，掀波扬浪，把'贫困县'这顶帽子摘掉，我老脸上也有光啊。"

荒薪说："高老，这么多年来，家乡真的麻烦你了，又是画画，又是捐款。我们上任后，下决心带领全县人民脱贫致富。"

"好。你们需要我做什么？尽管提。"高昌一捋花白的胡须，说。

魏艾说:"在没有摘掉'贫困县'这项帽子前,我们决不邀请你回家乡,也决不麻烦你去作什么应酬画。靠国家拨款扶贫,那是庸人之举,得苦干、实干、巧干,把经济搞上去!"

高昌说:"画画,捐钱,我愿意!更佩服你们年轻人,有胆有识,敢想敢干。好,我在省城的家里静候佳音。"

末了,荒薪说:"高老,我们想最后麻烦你一次,请你画一张画,就挂在县委常委会议室里,让我们一看见画,就脸红,就心跳,就不敢有丝毫松懈。"

高昌一笑,说:"你一定想好画题了,快说,让我画什么?"

"远景是家乡的虎跳山,近景是花树丛中的一个摇窝,襁褓中睡着一个婴儿。题款为:'靠国家财政哺乳,贫困县永远是贫困县。'"

高昌蓦地站起来,向内室喊道:"老伴,快拿酒来!这幅画我想了好多年了,只是怕冲撞了领导,没有画。你们有这种胸怀,老夫要谢谢你们了。"

高夫人拿来一瓶"茅台酒"和三个酒杯,把酒哗哗地倒满。

高昌说:"来,两位小友,我们干杯,以此为约!这张画,我立即画好,让你们带走。"

三个人一齐干完杯中酒。

这三年,虎山县没邀他回去画过应酬画,也再没上门来求画去送人。

高昌看报看电视,或者打电话找熟人打探消息,虎山县真的甩开膀子干得热火朝天:发展多种经营,培育规模产业,种粮、造林之外,开辟了中草药园、水果园、蘑菇基地、蔬菜大田、野猪和野兔养殖场。并引进外资、内资,办工厂进行深加工,家具厂、竹

器厂、罐头厂、腊制品厂、酱菜厂、石料厂、中药厂……同时,振兴旅游业,大搞"农家乐",游玩、吃饭、购物。村村通公路,处处有商场、饭店、旅舍。

"贫困县"的帽子摘掉了。

可荒薪、魏艾没有邀请高昌回老家来。

高昌心想:这两个年轻人野心不小,还想好上加好,要让他真正的刮目相看。他等不及了,打电话通报一声,自个儿就来了。

到车站接车的,只有两个年轻人,他们说,书记、县长交代了,由他们陪高老参观,想去哪都行。高老满意了,书记和县长才敢来拜谒,否则,无脸见人啊。

高昌扎扎实实参观了四天,走工厂,访园圃,看基地,问农家,虽然有些累,却心花怒放,不是一朵两朵,而是成团成簇。

高昌用手机联系上了书记和县长,说他要设晚宴感谢县委常委全体同志,人必须到齐。吃完饭,他要当众展示他带来的一幅指画新作。有一个不来吃饭的,他就立马回省城去!

晚宴设在高昌下榻的五星级"虎山宾馆",是由一位虎山县籍的台商开办的。

荒薪说:"高老考察了几天,你说满意了,我们才敢来。"

"旧貌换新颜,我太高兴了。"

魏艾说:"你请客,怎么行?? 我已通知办公室的人去买单。"

"我是代表老百姓,谢谢你们。这点钱,我还出得起,早把款付了。来,我敬各位一杯,你们辛苦了!"

酒过三巡。

高昌拿起放在身边的一个长条形木盒子,从里面取出一轴画来。

"荒薪、魏艾二位小友,请你们一个人拿住一端,展开来。"

这是一幅四尺整宣的横幅,画的是一只立于山岗上的老虎,仰天长啸;身后是青松、翠柏、杜鹃花。画名为《一啸震千山》,还题了一首小诗:"方兴未艾致富忙,放眼故乡着新装。襁褓不留哺乳虎,雄风卷过万山岗。"

宴会厅里响起一片掌声。

高昌说:"常委会议室的那幅《襁褓图》,明天由我看着你们取下来,再把这幅挂上去。虎山县如今是猛虎上山岗,谁敢小看?还有,我慎重宣布,由我出资在这里建一座'中国指画馆',我把收藏的前人的指画作品,以及我个人历年来的得意之作一百幅,通通捐出来,让家乡有个好看的旅游风景点!"

荒薪、魏艾的眼里盈满了泪水。所有人的眼里都盈满了泪水。

天风琴店

春雨潇潇,雨湖岸边的柳树,绿蒙蒙,湿淋淋的,仿佛是一幅大写意国画。

不远处,是一条面朝雨湖的半边小街,开着一个一个的小店铺,卖画、卖古玩、卖纸墨笔砚、卖钓具、卖虫鸟、卖京胡……因为下雨,街上很清静,青石板路面上,积盈着一汪一汪的水。

雨中忽摇来一把油纸伞,褐紫色,伞盖上击打出一片错杂的雨声。伞一直摇到"天风琴店"的屋檐下,然后收拢了。

"爹,你怎么又来了?今天下雨,你不是答应在家歇着吗?"

"我怕有人来换琴,就最后一把没换了,唉,我担心怕是等不来了。"

"哪能呢?爹,快到店堂里来歇着吧。"

五十多岁的蓟声,接过他爹蓟良真的伞,使劲甩了几甩伞上的水,殷勤地把老人引到店堂里去坐下,随即用一把紫砂壶沏上"铁观音",恭恭敬敬放到茶几上。

蓟良真今年七十有六,是古城赫赫有名的专制京胡的高手。白眉白须白发,背微弓,走起路来气喘吁吁,眼睛里的光有些浑浊。老了!他能不老吗?儿子已年过半百,孙子读完戏剧学院的硕士生都留院当老师了。

蓟良真这一生,到底制作过多少把京胡,连他都记不清了。他是十岁跟着父亲学习制作京胡的,劳作之余的必修"功课",就是随父亲不厌其烦地去听京戏(戏票是名角们赠送的,他们的成就离不开上等的京胡)。后来,解放了,古城成立了制琴厂,他也就去当了一名技师。他自感制作京胡能出神入化,是在三十岁以后。之所以出手的玩意绝妙,第一是选料精:紫竹琴杆、黄杨木琴轴、上等楠竹琴筒、永州"黑质而白章"的异蛇之皮、象牙马子;第二是制艺精纯,琴筒的烤干、撑圆,琴杆的擦漆、缠弦,蛇皮的炮制、蒙粘,马子的镂琢、磨剔,还有琴轴雕成玉簪花之形,无一处不费尽心思;第三是他极熟悉京剧各个行当各个流派的唱腔,自己还能唱几口,京胡便能因人而制,名角在台上唱起来,可说是酣畅淋漓。蓟良真很自矜,往往在琴杆上刻上一行小字:蓟氏后人良真制于×年×月。

蓟良真端起紫砂壶,细细地呷了一口热茶。

"爹,味儿正吗?"

"不错,唉,我一世英名,就毁在那一年所制的琴上,惭愧,惭愧,我都无脸去见你爷爷了。"

"不是差不多都换回了吗？爹。"

"还有一把,我就为等这一把琴撑着病歪歪的身子,死乞白赖地活着。"

"爹,你不能这样想。"说完,蓟声在茶几对面坐下来。

让蓟良真抱憾不已的事,发生在20世纪的七十年代初。八个京剧样板戏风行全国,《红灯记》、《沙家浜》、《智取威虎山》、《平原作战》、《杜鹃山》、《奇袭白虎团》、《海港》、《龙江颂》,专业剧团、业余演出队铆足劲亦步亦趋地排练、演出,普及得老妇稚子个个都能唱上几段。古城自不能例外,一刹那,京胡也就成了抢手货。制琴厂忽然接到上级下达的"政治任务":半个月内必须生产出三十把好京胡！厂部又将任务信任地交给了蓟良真,让他领着十几个工人日夜制作,一天也不能延缓。为了让蓟良真无后顾之忧,还特批让当时下乡不到一年的儿子——知青蓟声招工进厂。这么多把琴,时间又如此紧迫,蓟良真不可能都一一亲自动手制作,只能是大体上把把关,做到美观、音准就算可以了。半个月,做了三十把琴！看着那些琴,蓟良真恨不得一把火全烧了,这是什么玩意！更让他难受的,厂领导还让他在琴杆上刻上这样一行字:东风制琴厂蓟良真小组研制于×年×月。交琴后不久,厂里受到了表彰。那面红锦旗像火一样,灼得蓟良真心痛了好多年。

世道终于清平了,文化大革命烟消云散。蓟良真一直惦记着那三十把琴,不知流落何方？那上面刻着他的名字,真个是毁了他蓟家的名声。他向厂领导提出重做三十把,把那些粗制滥造的琴换回来毁掉。厂领导说:"老蓟,别去提那档子事了,谁提谁惹骚。"

20世纪90年代初,蓟良真满了一个花甲,退休了。又过了几年,制琴厂破产了,蓟声在父亲的指点下,开了这家"天风琴店",制琴、卖琴,一家人衣食是不愁的。

蓟良真像换了一个人,精气神提上来了,整天乐呵呵的。他做出了一个重大决策:以最好的材料最好的技艺,重做三十把京胡,然后贴出广告,换回当年那一批货色。

十多年过去了,三十把京胡,换回了二十九把,就剩一把还没有换回来。换回的京胡,老爷子毫不留情地砸碎后烧了,砸和烧的过程,使他得到一种温馨的慰藉。

那一把没换回的琴,还在人世上吗?

"爹,你身体不好,要多多保重。这下雨天,凉着呢。"

蓟良真摇摇头,说:"我是心病,非药物可治。"

雨渐渐地大了,密了。

蓟良真说:"给我把琴拿来吧。"

"是。爹。"

这把琴摆放在一个玻璃柜里,已经五年了。是蓟良真的得意之作,琴杆、琴轴、琴筒、琴弓、马子,形制、色彩、纹饰,没有哪个地方不妥帖,地地道道的一件精美艺术品。他知道,这几年身手、眼力都不行了,这样的琴成了他的"绝唱",再不可制作了。

蓟良真接过儿子递过来的琴,痴痴地看,轻轻地抚,然后,紧了紧琴轴,调了调弦,运上一口气,甩开膀子拉起来。

蓟声听出爹拉的是京剧名曲《夜深沉》。他的心在顷刻之间,跌入到一片浓重的夜色之中,远处响起了更声、梆声、水风声。

"好琴!"街上浮来了一顶橙黄的油纸伞,伞下有人用清亮的嗓子喝彩。

收了伞,走进来一个中年人,笑眯眯的,腋下夹着一把京胡。

他把京胡放在柜台上,将收拢的伞靠在墙边,彬彬有礼地说:"敢问操琴的可是蓟老先生?这位可是蓟声先生?"

蓟良真收住弓子,放下京胡,站起来,说:"我是蓟良真。这是犬子蓟声。"

"幸会。幸会。"

"先生是……"

"我是博物馆陈列部的庄裕。因本馆登报征集'文革'中的藏品,一位本地的退休干部,现居外省的儿子处,寄来了他数年前收购的一把京胡,便携来请二位看一看,它应是出自蓟老先生之手。"

蓟良真的身子仿佛被雷击了一般,趔趄了一下,然后踉踉跄跄奔近柜台,双手端起那把京胡,左看右看,上看下看,不由得老泪纵横,呜呜地哭了起来。

蓟声说:"爹,它不是回来了吗?你不必太伤感了。"

蓟良真抹干眼泪,说:"总算找到了,天意!庄先生,我有言在先:用我拉的这把琴,与你交换。真是太谢谢你了!"

庄裕笑了笑,然后面色严肃起来,说:"蓟老先生,我知道你很爱惜自己的名声,听说换回的琴,皆毁于一旦,实在是可惜呀。"

"可惜?庄先生此语何意?"

"蓟老先生,你想,那个动乱年代,也是历史的一个组成部分啊,我们征集实物,无非是让后人永不忘记。先生当时所制之琴,虽粗糙一点,却是历史的佐证,何必要毁之无迹呢?"

蓟良真愣住了,他怎么没想到这一层?哑默了好一阵,突然用手拍了拍脑门,说:"谢谢庄先生提醒,我是老糊涂了。历史既然存在过,岂能抹去?我不换先生的琴了,让它传之后世,这才是

物尽其用哟。"

"谢谢。"

"不过,我有一事相求,我欲将这把精心制作的琴,赠予贵馆。两琴一起陈列,世人在相比之下,更见出我当时的无可奈何,不知行否?"

庄裕向蓟良真作古正经地鞠了一个躬,说:"老先生的得意之作能存于我馆,是我馆的荣幸,实在是太感谢了!"

蓟声说:"庄先生,请在敝店坐下喝茶,我们正好尽兴一叙。我爹今日应是最快活的了。"

"好!"

雨依旧在下着,湖光迷蒙,堤柳润绿。雨中有几只燕子剪剪而过,呢喃之声如珠子般跌落于地,脆脆的,圆圆的……

波涛万叠

当五十岁的万小波,在这个深秋星期天的早晨,读到本市《晨报》上的一则广告时,突然呜呜地哭了。

《晨报》是妻子去市场买菜时,顺带买回来的。

"老万,老万,你哭什么?"

万小波嘎地止住了哭声,尔后又哈哈大笑起来。

妻子愣愣地看着他,说:"幸而孩子在外地念大学,你这一惊一乍的,怪吓人!"

万小波兴奋地说:"'汪洋画水'十天后在市展览馆开幕。我父亲的话应验了,我也该出山了!"

"汪洋？哪个汪洋？"

"就是二十年前,到家里来买一百幅画的汪洋。"

"哦,是他！"

万小波颤抖着手,从食品柜里拿出一瓶葡萄酒,斟上一大杯,坐在沙发上,慢慢地品啜。

一眨眼,万小波的父亲万里涛魂归道山二十年了,光阴荏苒呵,那还是1990年的深秋。

万里涛生前是市群众美术馆的美术专干。个子高而瘦,慈眉善目。他除辅导群众美术外,自个儿也画画。但在人们的印象中,他的画艺似乎平平,虽是大写意国画,却既不属花鸟、人物,也不是纯粹的山水。万里涛只痴心画水,江水、泉水、瀑布,或涟漪徐展,或波翻浪激,或飞流直下,线条变化多端,点染皴擦,气势倒是宏大,可没人看得出此中妙旨。作品既难发表,也难参展,购画者更是寥寥。而一旦逢假日,他便是自掏腰包,坐船乘车,到远处或近处去看瀑布、大江、溪涧,画了难以数计的写生稿。

谁会专只画水呢？宋代画家马远虽有《水图》十二幅传世,但更多的是作古正经的山水画。可万里涛对画水乐此不疲,一画就画了几十年。万小波觉得父亲就像那无形而有形的水,也刚也柔,纯真如泉水出山,刚毅如惊涛拍岸,忘我如瀑布坠谷。

万小波在很小的时候,就在父亲的督教下,以毛笔濡墨敷色开始画水。以后呢,高中毕业考上了美术学院的国画系,四年寒窗,毕业了,就到本市的一所中学教美术。到底是家学渊源,万里涛积历年心得所总结的画水八韵:漩韵、湍韵、垂韵、飞韵、声韵、带韵、卷韵、叠韵,万小波在父亲的耳提面命下,一一心领神会。但他和父亲一样,不管怎么画水,依旧不为人所关注,因此颇有

"斯人独憔悴"的感慨。

万里涛总是谆谆告诫他："水有凝聚力,也有冲击力,破壁裂石,终会有那一天。你好好记着！"

为不让父亲伤心,他总是虔诚地频频点头。心里呢,却是一片茫茫迷雾。

一眨眼,万小波临近三十了。女朋友早谈好了,也是个教师,但家境清贫。结婚是万事俱备,只欠东风——就差一套房子了。万家住的是一套两居室的老房子,总面积才六十多平方米,总不能再挤在一块吧,那也太寒碜了。另买一套呢,家里所存的那几万块钱,能管什么用呢？而且万里涛因平生太爱喝酒、抽烟,患了肝癌,且已是晚期。

老的愁,少的也愁。

1990年深秋的一天,汪洋如天外来客,走进了万里涛的家。

三十岁就已发福的汪洋,也是学美术出身的,父母都是市局级干部,经济条件极好。汪洋一毕业,就给了他一大笔钱,让他办了一家广告美术公司。不知是父母的人缘好、关系多,还是他舍得花力气拼打,反正公司的业务蒸蒸日上。在本地的商界,汪洋成了一颗耀眼的明星,风风光光地成了家,有房、有车、有钱,人们都恭敬地称他为"汪总"。

他到了万家,直截了当地说："我是来买万先生的画的！"接着又说："我叫汪洋,此生注定与水有缘,而且也喜欢画水。我希望家藏万先生的画,可以朝夕临写,不过——只是为了增添素养而已。"

万里涛吸着呛人的香烟,吐出一个一个的烟圈,一直没有作声,眼睛微眯着。

"万先生,我出一千元一张,不论大小,但都要画水的。"

万里涛淡淡地问:"你要多少?"

"一百张。"

"行。但我有个条件,要先付款。"

"可以。万先生是为了儿子买房吧?我能理解。"

万里涛顿了一下,汪洋怎么连这事都知道了?于是,爽快地说:"不——错。"

"但我也有个条件:所有的画,您都不要题字,也就是题款,也不必钤印。素面朝天,干干净净,我最喜欢。"

画不题款,也不钤印,还算是一张国画吗?

万里涛很潇洒高兴地说:"这省了我多少事呵,行!"

汪洋得意地笑了,从鼓鼓的手提包里拿出几大叠百元钞票,很夸张地放在画案上。问:"万先生,完成所有的画,两个月行吗?"

"行。"

于是,正在休病假的万里涛,从第二天起,一边服药,一边濡墨泼色地开始画水。

老伴急,儿子也急,干吗拿生命开玩笑呢?

万里涛说:"我这病还能出现奇迹吗?人固有一死,没什么可愁的。我赚这笔钱当然是为了儿子买房;可也不全是,我不甘心呵,画了几十年的水,就这样遭人冷眼!我现在看到希望了——不过是在许多年之后!"

两个月后,一百幅水图画好了。

半夜里,万里涛把老伴和儿子叫到临时当画室的小客厅里,疲惫地点上烟、倒上酒,缓缓地说:"房子买了,也装修了,小波你们就赶快结婚吧,要不,我都等不及了。"

老伴说:"怎么说这些晦气话?你不是好好的吗?"

万里涛摇摇头："我知道来日无多了。"

万小波轻轻地啜泣起来。

"小波，男儿有泪不轻弹。我有几件事要交代你。这一百幅画，我每画一幅，都是用两张单宣叠在一起画的，上面的墨色渗印到下面，可说是'双胞胎'。上面的这张自留，并题款钤印；下面的那张，有笔墨不到的地方，我稍补了补，没题款钤印，是卖给汪洋的。我明白，汪洋之所以买没字没印的画，他自有想法，若干年后，这些画他会题上自己的字、钤上自己的印，然后大张旗鼓地把自己推介出去。到时候，我真正的原作在你手上，你会知道怎么办的！我还要叮嘱你，从现在起，除在学校教美术课之外，不在任何公开场合画画、谈画，练画只在没有外人的家中。"

"为什么呢？"小波问。

万里涛呷了口酒，说："以后你会明白的。"

第二天，汪洋高高兴兴地取走了画。

一个星期后，万小波和女朋友举行了热热闹闹的婚礼。

三个月后，万里涛阖然而逝。

……

"汪洋画水"的个人美展，因报纸、电视台的炒作，极为轰动。开幕式这天，万小波挤在如流的观众中，去细看了展出的作品，不多不少，一百幅，画的全是水。更令他惊诧的是，全是当年父亲的原作，只不过汪洋题上了自己的款识，钤上了自己的名章、闲章。汪洋的字，俗气，款识也是东抄西录拼凑出来的，平庸，真正是有辱了父亲的画！在这一刻，他明白了父亲嘱托的深意。这个汪洋呀，当年买画可说是运筹帷幄，以为待万里涛去世多年后，且他的儿子又专业疏懒，充其量只是个中学美术教师，自然可由着性子来独领风骚了！

万小波的嘴角,溢出一抹冷峻的笑。

万小波也是早有准备的,汪洋能预料到吗?父亲当年的一百幅原作,他不动声色早送到外地去装裱好了,然后小心地收藏着;他历年所画自认为满意的一百幅《百瀑图》,也早装裱一新等待面世。他立即去了市群众艺术馆,和现任的年轻馆长商量,请求借该馆的展览大厅展出父亲和他的画水作品,并说明了"汪洋画水"的来龙去脉。

馆长一拍胸脯,说:"尊父是本馆的老前辈,宣传他我们义不容辞。哼,这个世界岂容鱼目混珠!"

三天之后,"万里涛、万小波画水联展",轰轰烈烈地拉开了序幕。

这可是重大新闻呀,"汪洋画水"的一百幅与万里涛所画的一百幅,"画"的部分,居然丝毫不差,竟同是出自万里涛一人之手!经新闻媒体的不断报道,专家名人的慎重推介,真是观者如堵,好评如潮。

汪洋的西洋镜被戳穿了,他只能赶快撤展溜之大吉!

满城人,不,还有外地人,都知道了中国当代,不仅有一位专画水的著名画家万里涛,还有传承其衣钵的儿子万小波!报纸、杂志争着发表他们父子的作品,许多收藏家、画廊老板拥挤着前来商谈购画事宜。

万小波趁热打铁,又召开了一个新闻发布会,宣称已与家人商定,将父亲万里涛的这一百幅画水作品和他的一百幅《百瀑图》,无偿捐赠给本市最具权威性的美术馆作永久收藏!

不久,万小波被调到美术馆,当了一名专职画家。

接着,父子画作的大型合集出版了,书名叫《大浪淘沙》。

万小波常被请到美术学院去讲课;不断有人来购买他的画

水作品。他还应一家出版社的邀请,开始撰写关于父亲人生经历和艺术追求的书传:《万里风涛死未休》。

夜深人静,在新购置的宽大的住宅里,万小波常会一个人静坐在画室,久久地凝视着墙上父亲握笔作画的大照片,他分明听见波涛翻滚之声,轰隆隆从那笔端而来,排山倒海,激扬在天地之间……

鸽　友

古城湘潭的雨湖边,有一条长而曲的巷子,叫祥和巷。住着四五十户人家,一家一个或大或小的院子,黑漆铜环的院门一关,便自成一个格局。

祥和巷各色人物都有,医生、公务员、工人、私企老板……若以业余身份而论,称之为鸽友的则只有两个:巷口第一家的仰云天,巷尾最后一家的房林。

何谓"鸽友"? 就是善养鸽、会玩鸽的人,而且是古城鸽友协会的正式会员,在圈内有一定的知名度。

仰云天七十岁了,发尚青,背未弯,眼不花,走起路来铿锵有声。退休前,他是伤科医院的大夫,专治跌打损伤,活人多矣。正业之外,养鸽、玩鸽,从小到老一直兴致勃勃。他不但治人,还会治鸽,鸽腿伤了、断了,他可以捏可以接,敷药包扎,过些日子就照样飞翔蓝天。

在雨湖边蹓腿,在家中的庭院散步,他总会下意识地仰望云天。一群鸽子高高地飞过去,虽小如燕,他立即可点出数目,还能看出品类、公母,这功夫了不得。"仰云天"的名字,名至实归!

他喜欢养灰色的鸽子。深灰(又叫"瓦灰")、灰、浅灰(又叫"亮灰"),这是基本的三类。此外,浑然一色的叫"素灰",有深色斑点的叫"斑头灰",翅有白翎的叫"灰玉翅",头项部生白毛的叫"灰花"……他一共养了四十来羽(一只为一羽),院中的空地,木楼顶上的晒楼,都是他和鸽子亲密接触的地方。

老伴说他前世就是鸽子投的胎,没见过这么痴爱鸽子的。幸而孩子都在外地工作,没沾上这毛病!

仰云天驯养的鸽子,就像纪律严明的士兵。他打一声"呵嘀",群鸽在院中起飞,直入云天盘旋,这叫"飞盘子",而且可以三起三落。这已经很了不起了,何况是"飞活盘子",一会儿左旋,一会儿右旋,圆转自如。只能朝一个方向旋转的,叫"飞死盘子"。他从不让自己的鸽群去"撞盘子",即去冲撞人家鸽群的阵营。偶尔,他的鸽群裹胁了人家的鸽子归来,不论优劣,一律轰走,这叫君子不夺人之好。

仰云天在鸽友中声誉颇佳,众望所归,于是连任鸽友协会的会长。

住在巷尾最后一个院子的房林,四十来岁,矮矮胖胖,白白净净。他是本地房地产开发的后起之秀,因为读过大学,自矜为"儒商"。这个院子很大,是他两年前买下的,把老房屋连根拔掉,建了一栋漂亮的三层小洋楼。他喜欢养鸽子,便在院子一角,建了一座小巧而精致的鸽舍,有五六十羽,而且很多是名品,如"青毛"、"鹤秀"、"七星"、"凫背"、"紫点子"、"紫玉翅"、"玉环"、"白鹦嘴点子",等等。

房林爱鸽,但很少动手去喂鸽、驯鸽,雇有专人料理这些俗事。他玩鸽,只是手挎着鸽笼(鸽笼又称之为"挎"),到鸽友聚会的地方去展示新购的名品,当然花了大价钱;说一些书面上学来的行话,"憋鸽子"、"喷雏儿"、"续盘子"……或者,在自家院子里"飞盘子",呼啦啦群鸽起飞,在空中"飞死盘子",然后再落下来。这已让他很满足了,名鸽多,谁也不敢小视他。

他与巷中人很少打交道,劈面碰见了,也不打招呼,把头昂起,用眼角的余光扫视对方。只有碰到了仰云天,他才略略点头,也只是头动而颈根硬着而已,不咸不淡地寒暄几句。

巷中人背地里称房林为"硬颈根"。

少年得志,事业如日中天,有文化,有钱,腰板硬,颈根硬,能向旁人屈尊吗?当然不能。

但房林向仰云天屈尊过一次。

仰云天的祖父、父亲都喜欢养鸽子,而且古城当时鸽哨制作名家的好玩意收藏不少,据说有上百个,后来都顺理成章传到了仰云天的手上。这些名家早过世了,他们后人制作的鸽哨,不可与之同日而语。

鸽哨分为四大类:葫芦类、联筒类、星排类、星眼类。每一类又有很多的品种,比如联筒类,就有三联、四联、五联、二筒、三筒、鼎足三筒、四筒、四足四筒。鸽哨佩系在什么地方呢?鸽子的尾翎一般是十二根,在正中四根距臀尖约一厘米半处,方可佩系鸽哨。精美的鸽哨,工艺繁复,结构奇巧,音色、音量俱佳,价钱不菲。因是出自名家之手,哨上往往刻有其字号,又因年代久远,与工艺品或文物无异,珍贵极了。

在一个夜晚,巷中人声静了,房林先用电话礼貌地预约,然后一颠一颠地去了仰家。

喝过茶、抽过烟、扯过闲话后,房林忍不住说出了来意:想购买仰云天全部的鸽哨,价钱无论多少,照付不误!"

仰云天哈哈大笑,尔后收住笑,说:"房先生,这都是老辈子留下的东西。我不等钱用,鸽哨一个也不可出让,对不起!"然后又说:"你知道怎么佩系鸽哨吗?知道什么鸽佩系什么鸽哨吗?知道一群鸽子的鸽哨怎么配音吗? 你不懂呵,我懂。"

房林一块脸都白了,蓦地站起来,咚咚咚地走了。

仰云天高喊一声:"房先生走好,恕不远送!"

转眼入秋了,天高云淡,金风细细。

鸽友协会决定,互相选定对手,在雨湖七仙桥附近的一块草坪上,一对一对地按顺序"飞盘子"和"撞盘子",谁的鸽子飞得高、旋得巧,能把对方的鸽阵撞乱,还把其中的鸽子裹胁回家的,属于胜者。按规定,裹胁而去的鸽子必须一一归还对方。

房林指定要和仰云天一比高下。

这是个星期六的午后。

仰云天平和地说:"房先生,我接受挑战。我输了,会长的位子我决不再坐!"

"真的吗?"房林咄咄逼人。

"军中无戏言。"

"那就好,诸位可以作证。"

他们分别站在草坪的两端,身边摆放着几只大鸽笼。

当开赛的小红旗急促地挥动之后,两个人迅速地打开笼门,各有三十羽,热热闹闹地朝空中飞去。

仰云天的鸽子在先天都佩系上了鸽哨,高音、中音、低音,雄壮的、柔软的、粗犷的、妩媚的,在鸽翅的扇动中,如一部动听的交响乐。"盘子"飞得高,旋得活,而且三起三落,井然有序。

房林也请人佩系上了新购的鸽哨,但却是一片杂乱的喧响,

而且"盘子"只朝一个方向旋转。突然领头的几羽,率领群鸽冲向对手的阵营,这叫主动进攻。

仰云天的鸽群立即拉高,纹丝不乱,然后再俯冲下来,变守势为攻势,凌厉地杀入对手的"盘子",纵横切割,让对方溃不成军。接着,又从战阵中撤出,重组"盘子",朝祥和巷方向的家中飞去。

房林的鸽子呢,紧接着也朝自家飞去了。

房林拍手大笑,说:"仰会长,你的兵马溃逃了,我的部下穷追不舍哩。"

仰云天朝这边拱拱手,说:"房先生,你赶快回去数数鸽子吧。"

"多了的,我肯定送回,一只不留。这灰不溜秋的,我要它做什么!"

……

待到所有的比赛结束,已是暮色苍茫。

仰云天回到家里,立刻去了晒楼,用手电光数点鸽舍中的鸽子,与他当时目测的数字相符,房林有五只鸽子被裹胁而来,而他的鸽子一只也不少。

吃饭后,仰云天把房林的鸽子用一只小鸽笼装好,对老伴说:"你给他送去吧,我去,他的脸挂不住。"

"好。"

老伴很快就返回来了,因为房林说他的鸽子都回了家,没少一只,这些鸽子,只可能是野鸽!

仰云天叹了口气,说:"我拿到雨湖边去放了,让它们自个儿悄悄地回家吧。"

玄妙气功

"生命在于运动",眼下成了人人尽知的至理名言。打拳的,踢腿的,散步的,丢"飞碟"的,跳街舞的……闹得沸沸扬扬。特别是那些离退休的"老字辈",积极性更是空前高涨,眼下这日子过得够顺气的了,谁愿意早早地到马克思那儿去报到?!因此,体育锻炼一会儿一个新名堂,如今又刮起了练"气功操"的热风。

这操可了不得,一"发功",人不能自制,笑的有,哭的有,在地上翻跟斗的有,津津有味地啃草根的有……身体仿佛全受外力的控制,那些即兴表演毫不做作,又自然又天真。这操特别适合于老年人,据说是有病治病,无病健身。于是,这些老大爷老太婆全迷上了,顾不得儿孙绕膝,人前失态,一心一意图个添寿添福。

体委的气功操教练名叫胡子云,四十多岁,每早在长春园的一块草坪上,为热心的老学生们讲授要领。他圆头大脸,慈眉善目,脾气好得出奇,谁见了都说他是个"福相"。他最大的本事是能帮助那些发不起"功"来的人排除"故障",进入"忘我"之境,然后翻腾跳跃,自由自在再没有半点羁绊。

这气功操真要达到"发功"的佳境,最起码的要求是排除杂念。瞧,老胡给一位老爷子解说"发功"秘诀:"大爷,你别惦记着莱还没买,米还没淘,有大娘在家哩。你就什么也别想,让脑子静得像一汪水似的,这叫'意守丹田'。"边说边用手在大爷的头顶

(并不接触头)来回地晃动,那手指间带着一股力和气。不一会,大爷朦胧中听得一声断喝:"发!"好像打开了一个开关,大爷便开始又笑又跳起来。你说神不神?老胡没有这一手,人家服吗?

今天,老胡又起了个大早,踏着草尖上的串串露珠,来到了大草坪。静悄悄的,人还没有来,他起得早了些。不,昨晚他就没怎么睡。这么多年来,老胡从没有过失眠的记录呀,心宽体壮,倒头便睡,但昨晚确实是失眠了。就为了体委主任告诉他一个消息:明早,市委的诸葛成书记也要来学气功操。他听了,惊出了一身汗,倒不是这新来的学生职务高,怕不好教,这担心他自知是多余的。诸葛成书记是个和蔼可亲的人,没半点架子,很亲民。那次,他带队去省体委参加老年人的体育比赛,夺了好几块金牌、银牌、铜牌,回市时,诸葛成书记带着几个常委亲自到车站去接,一一握手问候,真正是平易近人。那么,老胡担心什么呢?就担心"功"一旦"发"起来,诸葛成书记跳跳蹦蹦的,万一跌了手和脚,他怎么担当得起?人家是一市之主,等着他办的事多着哩,伤了,残了,全市几十万人会戳他的脊梁,那才叫"猪八戒照镜子——里外不是人哩。"

想着,想着,心一烦,便劈里啪啦打开了长拳,直听得风声呼呼,拳脚刚劲凌厉。

"好!"

"真不错!"

老胡刚一收势,四周便响起一片喝彩声。原来是练气功操的人都到齐了。

老胡将眼睛往人群里一瞄,看见了诸葛成书记。他站在最后面,不高不矮的个子,蓄着个平头,一双眼睛很有神,一脸的笑。

老胡忙跑过去,亲亲热热地喊声:"诸葛成书记,您来啦。主任昨天就告诉我您要来,真……让人高兴。"

这些老大爷、老太婆一听市委书记来了,一个个都紧张起来,扯衣的扯衣,搓手的搓手,说话也小心谨慎了,生怕有什么不妥当的地方。

诸葛成哈哈一笑:"胡教练,从今天起,我就是你的学生了,你别把我当成什么头头脑脑的。"

"那是。那是。"老胡感动地点点头。

他开始叫学生们散开,讲解气功操的要领,然后分析此中的妙处。这些学生们早已烂熟于心;他是为讲给诸葛成书记听的。

"开始发'功'。注意!排除杂念,意守丹田。起式——"

他走到诸葛成书记跟前,认真地问:"您不知听懂了没有?"

"听懂了。"

"那么,就请按我讲的方法'发功',首先是心静,什么也不想,像出家人的静悟。呵,不,这比方不好。反正是全身松弛,脑子里倒干净一切一切的想法。"

诸葛成书记五十出头了,平素打打羽毛球、乒乓球,很重视锻炼身体。关于气功操,他认真地阅读过有关资料,觉得很有道理,又悄悄地来看过几次,便决定来试一试。更重要的是想和这些老人亲密接触,听听他们对市委、市政府的建设性意见。

昨晚,他高兴地告诉老伴和儿子,说明早去学气功操,话没说完,老伴就嚷开了:"这像什么?市委书记疯疯癫癫的,又跳又闹,叫人看了笑话。"

儿子的话更尖刻:"爸爸,下次您在台上做报告,人家就会说,'别看他现在正正经经的样子,早晨还趴在地上翻跟斗哩。'"

诸葛成没理他们,市委书记不也是人吗?所以今早他依旧来了。

此刻,他舒了口气,想努力静下心来,配合双手起式,进入"发功"的准备阶段。

……疯疯癫癫的……呼吸要轻松……趴在地上翻跟斗哩……别管它,意守丹田……

老伴、儿子的声音和胡教练的声音,总是纠缠在一起。他想努力排除干扰他的声音,怎么也排除不了。他越是紧张,越是不能平静,头上竟憋出大颗的汗珠子。

他睁开微闭的双眼,讨救似地望着老胡。

老胡也在看着他,心情很复杂。他一会儿希望这"功"很快"发"起来,一会儿又希望这"功"最好变成"哑功"。他脸上的肌肉一跳一跳的,手心沁出了一层油汗。

"胡老师,帮帮忙,给我'发'一'发'!"

老胡镇住了神,把手放在诸葛成的头顶,来回运气,口里说:"书记,您就什么也别想,工作上的事别想,开会的事别想,老伴和孩子的事也别想,心静、脑静,'功'就会'发'起来的。"

他一遍一遍地重复着,声音都有点儿发涩发颤,脑袋更是嗡嗡嗡地响。他担心着什么?又希望着什么?只觉得两只手软绵绵的,根本就没运上气来。

诸葛成书记期待着的那个童趣盎然的境界,几多有意思啊,一切都无拘无束,一切都自自然然。但他始终没有等到。

这气功操,是不是对他就不灵验了?他转过脸去,愣住了。今天是怎么搞的?居然一个也没有"发"起"功"来,一个个憋得满脸通红,微微闭住的眼皮下,有一线光亮都不约而同地射向他。大伙太紧张了,在此时此地。

诸葛成收住式,轻声对老胡说:"看样子我这个人太笨了,学不会。谢谢您,胡老师。"然后,迈着稳健的步子走了。

老胡长长地舒了一口气，大声说："现在你们可以心无杂念了吧？起式，'发功'——"

曲水萍汀

年近花甲的湘楚大学中文系教授吴瑕，决定在这个仲春的星期日上午，去探看他的导师曲水。

他们各自的住地都在校园的后门外，相距并不远，骑自行车也就二十分钟路程。不过吴瑕住的是耸峙数幢高楼的"教工三区"，是一个大院子；而曲水是本校屈指可数的名老教授，住的是一个独立的小庭院，一色的平房簇拥在花树之间。路近，情谊更近，吴瑕当过曲水的硕士生、博士生，然后又留校在曲水的教研室工作，深得导师的关爱。他们的模样也相似，都是瘦高个，窄长脸，俨然父子。

吴瑕读博士快毕业时，曲水问："你有名无字，我不能老是叫你'小吴'呵，直呼其名又犯了名讳。《岳阳楼记》中有'静影成璧'一语，'吴'与'无'谐音，无瑕之玉，堪称佳璧，你字'静璧'如何？"吴瑕大喜过望，忙说："谢谢先生赐字。"

以后呢，曲水唤他时，必称"静璧小友"。

曲水当然有字，叫萍汀。姓名与字，呈现的是一幅很冷漠的图画：弯弯曲曲的水上，有一痕青萍点染的汀州。几十年来，吴瑕总会从"萍汀"上，感受到先生旷古的寂寞和孤清：一生致力于中国古典诗史的研究，直到六十五岁退休前，方完成四卷本一百二十万字的《中国诗史》；也长于吟事，但诗词除给三两知己观赏外，从不拿出去发表。他的家除几个同辈人可以应邀前去聚首外，其余的都婉辞叩访。这些年来，他的同辈人都八旬出头了，或行动不便，或耳背口拙，连这种交往都没有了。他的夫人在十多年前因癌症过世，与先生长相厮守的，是从老家乡下请来的远房堂弟刘五，现已六十有余，是个地道的农民。

吴瑕因是曲水认可的传人，也治中国诗史，但往往以一个朝代的某个诗人为切入点，来评说一个诗歌流派的形成及影响，出书多种。因此，吴瑕常以种种借口，如论文发表和专著出版后，便去曲府呈请乞正，恭恭敬敬站在先生面前，不肯落座。稍问先生饮食起居可好，便匆匆告辞。先生说："静璧小友，谢谢，我就不远送了。我新发表的论文，在这本杂志上，你拿去看看。"

吴瑕有些遗憾，他很想能坐下来向先生请教一些问题，先生不挽留，也就表明弟子还没有相当的学力可以与先生促膝切磋。在孤傲的先生眼里，旷世少知音啊。

回家后，吴瑕首先是拜读先生的论文。他发现先生常用的文体是"对话录"，虚拟的"甲"和"乙"两个人，在一问一答或互相阐释某个感兴趣的问题，其实只是先生一个人在喃喃自语，这种寂寞只有吴瑕能体会出来。文中的精彩处，他几乎能过目不忘，如《王维其人其诗对话录》：

"唐代王维，字摩诘。'维'是梵文'降伏'之意，'摩诘'乃'恶魔'，连着看即'王降恶魔'。'恶魔'中最恶者为'心魔'。王维父通晓佛学，警示其子要时刻降伏'心魔'，以成正果。"

"唐诗如古文，易学而难工。宋诗如八股，难学而易工。"

"王维走的是另一条路。人境、禅境、诗境、画境，连同音乐中的妙境，五境混为一境。"

……

这应是先生在读过他的《王维诗论》一书后所写下的文章，凡他没说透的地方，先生都一一解说。当时，吴瑕的眼圈都红了。

吴瑕骑着自行车，来到曲水的小院前。屈指一算，又有两月未来了。上次来时，天正下雪，因他夫人特地用羊绒线为曲水织了一条长围巾，他便有了一个将围巾送来的借口。打电话时，是刘五接的，说先生正在书房里下围棋，一个人同下白子黑子，入迷了哩。吴瑕的心一动：先生还会下围棋？可从没听他说过也没见他下过。吴瑕叮嘱刘五，先不要告诉先生他要来访的消息，他想从棋盘上看看先生的功力。吴瑕很小就开始下围棋了，以后又读过不少古今围棋谱，中学时代得过全市的冠军，读大学时是校围棋代表队的中坚，到读硕士时才罢了手，没有多余的时间去下棋了。到了曲府，吴瑕在刘五的引领下，径直进了书房，静立在棋桌边。棋局已快至终盘，先生正陷入沉思之中，对周围的一切了无知觉。吴瑕细看双方形势，不由心生赞叹，先生不是为了练习打谱，而是两个不同风格的高手在对弈，下得难分难解。古人下棋有"手谈"、"坐隐"之分，先生是地道的"坐隐"。他放下围巾，向刘五做了个手势，悄悄退出来，然后径直回了家。寻出久搁的棋盘、棋子，开始温习还没有完全忘却的棋谱。他相信可以找到一个机会，先在棋盘上与先生成为同道，再衍进为在学问上向先生请教和互相切磋。

暖风袅袅，春云低垂。吴瑕把自行车在曲府门前支好，一按门铃，刘五打开了院门。院子里的广玉兰树上满缀雪白而硕大的花朵，贴干海棠红若明霞。

"老刘，我来访，你没告诉先生吧？"

"没。他正在书房下棋。"

"你去忙你的,我去陪他。"

"好。"

吴瑕脚步轻轻地进了书房,然后屏息站在棋盘边。这一盘棋,白子是先手,棋风凌厉,咄咄逼人;黑子是后手,步步为营,小心防范。棋已下到高潮处,白子欲将那两个黑子追剿至尾声,形势危急。吴瑕迅速地为白子、黑子点目,一分钟不到,就了然于心。完全可以让白子吃去那两目黑子,他只要在左角上补一子,黑子总目数比白子还多出一目,便是胜者。

吴瑕悄然坐下,从棋罐里拈起一颗黑子,重重地落下去。

曲水惊呼一声:"白子输了!"

他抬起头来,猛地发现了吴瑕,问:"这一子是你下的?"

"是。先生,请原谅我的技痒。"

"呵,你的棋下得不错呵,尤其是点目,这是训练有素的童子功。静壁小友,我邀你手谈一局如何?"

"好。"

曲水转过脸,朝客厅喊道:"五弟,中午备两道好菜,热一壶黄酒!"

刘五高声答话:"好咧——"

山左史家

湘楚大学历史系已退休多年的平兑之先生,亲自给本系的二十多位中、青年教师打电话,称他将于周六的中午,在离学校不远的"红叶酒楼"设午宴,请赏光莅临。他还说所邀者,都是数日前,到他家购书的人!

我也在应邀之列,这不能不说是一件幸事。我们只是学生的辈分,居然受到了先生的宴请。是他七十七岁"喜寿"的诞辰?还是他家有了什么别的大喜事?一打听,都不是。缘由很简单,就是我们买过他的藏书!那些书都是我们所要的佳书珍本,而且不能叫做买,每本一律一元,是拐弯抹角的赠送。赠了书,还要设宴款待我们,不能不让人感激涕零。

先生姓平名兑之,字寒星,一辈子以治史为乐,受人称颂的大著有《中国青铜时代考》、《商文明探微》、《炎、黄世系初探》等十几种。因他系山东聊城人,故老友称他为"山左史家"。

在退休前,每给新生上第一堂课,平先生必作自我介绍,然后必作这样的补充:"我人名中的'兑',应读'锐'。《汉书·天文志》云:'兑作锐,谓星形尖锐也。'故我的字为'寒星'。"他的性情和治史态度,正如他姓名:待人平和谦逊,立论却鲜明而有锋芒。20世纪60年代,他应邀著文谈自己治史的心得,直言研究中国史,必须掌握四把钥匙,即年代学、历史地理学、历代职官制度学、目录学。系领导批评他"怎么不谈马列主义这把金钥匙",他直起微驼的背,哈哈一笑:"我是谈治史,不是谈政治,你则尽可以去谈!"

做学问的人,离不开书,平先生概莫能外。访书、购书、藏书、读书、写书,成了他生活的重要内容。老两口工资不低,还有不菲的稿费,除应付日常开支外,全用于买书。他曾作诗自况:"出卖文章为买书。"

爱书的人,往往藏之自用,决不外借。正如宋僧惠崇说:"薄酒懒邀客,好书愁借人。"但平先生却不赞同这种观点,他的藏书对友人和学生是开放的。只是他取书借给你时，必用一张牛皮纸包好，还叮嘱借者，还书时要连同牛皮纸一起还。但他从不登记，他相信借者的德行，不可能借而不还。

我就多次去平府借书、还书。

平府是一个独立的小院子，院里有花有草有树，十来间青瓦白墙的平房，除卧室、厨房、卫生间之外，全用于放置书籍。客厅的正面墙上，悬挂着平先生手书的汉简横幅，录的是唐人韩愈的《师友箴》："不师如之何？吾何以成；不友如之何，吾何以增。"

记得几年前，我写《考清顺治帝之生平及死》这篇论文，关于顺治的丧事，是土葬还是火化，颇多迟疑，便于一个星期日的下午，去平府求教。我们坐在客厅中央的方桌边，周围全是书架，书香氤氲扑鼻。平先生让我先坐下喝茶，便去了另一间房子，不一会就搬来一大沓书，有线装的老版本，也有平装的新版书，如《东华录》、《清实录》等等。

平先生坐下来，点燃一支烟，款款地说："《东华录》中，可看到顺治死后数日，称'梓宫'，又过数日则称'宝宫'。前者即棺木，后者的'宝宫'即'宝瓶'，也就是骨灰坛。这就证明，顺治是有过出家经历的，先用'梓宫'装殓尸体，是礼仪需要，表明他曾有过皇帝的身份，再火化入'宝瓶'，是遵守佛门的规矩。"

我问："先生，为什么《东华录》以后的多种《清实录》版本中，却只有'梓宫'而不见'宝宫'了？"

"问得好呵。我寻出这一叠书借给你，你可去细细比较。《东华录》是作者蒋良骐于乾隆时，摘抄自当时的还没太删削的《清实录》底本，故可信。后来的此类关于实录的书，是官方发布的，就将'宝宫'删去了，是为顺治溢美。"

我连连说："谢先生赐教。"

平先生打电话让我们去他家,是上个星期六。秋高气爽,院里的一树红枫,叶艳如火。在一畦金色的菊花前,摆了几张大方桌,桌上放着一沓沓的书。平先生坐在一把圈椅上,我们都围坐在他的四周。

平先生吸着烟,笑眯眯地说:"这些年来,你们到我家来借书、还书,因此我就知道你们需要些什么书。你们是历史系的有为者,已成气候了。我呢,想留点什么,让你们有个念想,想来想去只有书最合君意。"

平先生此生爱书如命,如今却要散发出去,我们几乎是异口同声地说:"不可!不可!"

他摆了摆手,说:"治史的专向性,决定了你们需要什么书,我都给你们找好了,分别罗列在桌上,每一堆上都搁着诸君的名字。我可以毫无愧色地说,绝对是好书。"

大家蓦地站起来,七嘴八舌地婉辞。

他说:"请坐下,少安毋躁。我不是白送给你们的,是卖给你们,一元钱一本。老师需要钱,你们不同意吗?"

我们能不同意吗?

有人说:"您可不可以把书价定高些?"

他沉下一张脸,说:"我是一口价,不改!各人把书拿走,钱就放在桌子上吧。"

在我的一堆书中,有清乾隆时刻本《东华录》,还有各个时期的《清实录》,以目前市价而估,值数万元。

告辞时,我们排列在平先生面前,鞠躬致谢,然后满载而归。

在平先生宴请的这一天上午,我们又互相打电话提醒:千万不能失约,订于十一点整到达。我们应该去迎候先生,而不可让先生等候我们。

当我们走进"红叶酒楼"的一个中型雅间时,平先生早已端坐在那儿了,这不能不令我们羞赧。

十人一桌,一共三桌。菜肴一道一道摆上来,杯子里斟满了红酒、白酒和果汁。有人悄声说:"这样的丰盛,每桌带酒水,应在三千元之上。"

十二时正,平先生端杯站起来,说:"谢谢诸君光临。名义上是我做东,其实大家都出了钱,这叫 AA 制,钱是大家买书的钱。我原意是赠书,恐大家不收,故说是卖书。但收了钱我心不安,便找了这个相聚同乐的机会,把钱花了。"

大家情不自禁地鼓起掌来。

"我与大家聚会,今后也许……就难了。借此机会,祝诸君奋发努力,取得更大的成绩,也谢谢诸君多年来对我的关心。来,干杯!"

一个月后,平先生将家中的三万余册藏书,捐赠给本校的图书馆。

三个月后,平先生阖然长逝。

直到这时我们才知道,数月前,平先生已查出身患晚期肺癌,却秘不示人,安详地将诸事安排妥帖。

哀乐低回,咸泪迸飞。

灵堂里,高悬着我们共拟的挽联:

教书、借书、赠书,泽惠后学;

研史、释史、撰史,功在千秋。

帘外雨潺潺

湘楚大学校长廉外雨,黄昏时凝然站在办公室的窗前。湘妃竹帘外,响着一片急促的雨声,如银盘跳珠。

他手里捏着刘胜的一份请调报告,纸轻而分量重。他能让刘胜调走吗?他能不让刘胜调走吗?不禁浩然长叹:"人才难得,人才易失,刘胜呀刘胜!"

廉外雨今年四十有五,当校长已届五年。他的名和字是教古典文学的父亲所取。"廉外雨"来自南唐李煜词的"帘外雨潺潺","廉"与"帘"谐音;他的字为"知时",摘自杜甫"好雨知时节"的诗句中。他是湘楚大学中文系的本科毕业生,然后读硕读博,再留校任教。教学之外,专研中国古典诗词,尤以唐诗宋诗的比较学为人称许,发表了不少有见地的论文,出版了专著《唐诗宋诗之比较》。四十岁时已是正教授、硕导和博导,在学术界正是如日中天。不料组织上和群众都看中了他,先是当中文系主任,继而为副校长、校长。作为一个中共党员,作为一个谦和处世的学者,他在婉辞无效后只好慨然就位。管教学也管行政,扎扎实实地埋头苦干,只是再无暇顾及上课和带硕、博研究生。他向上级一再要求,只保留了一个正教授职称,取消了硕导和博导的头衔。

他常说:"我自感才疏力薄,但靠群策群力便可诸事祺顺。我自感言微人轻,但知为政不在多言,只重身体力行而已。"

因父亲嗜酒,一脉相承的他便有好酒量,但在任何场合都注

重酒德,决不乱性。湘楚大学百年大庆时,在教职员工参加的盛大宴会上,刘胜领着行政、后勤人员前来敬酒,他一口气干了五钱一杯的酒二十多杯,毫无醉态,举止言谈都很得体。

他上任当校长时,就看中了和他同岁的后勤处处长刘胜,把他提拔为校长助理,有职有权,专门料理基建、园林、卫生、房产等项烦琐工作。

刘胜也是本校的毕业生,读的是行政管理系。长得很敦实,浓眉大眼,腿勤、手勤、口勤,办事善思考,算计很精审,同时决不谋自家小利,坦坦荡荡,干干净净。他之所以毕业后即供职于学校行政部门,是因其父是该处搞维修的老工人,带有一点照顾的性质。

刘胜当上校长助理后,首办的两件事令廉外雨十分满意。其一,是把校园的清洁卫生和园林绿化工作,交给一家物业公司打理,然后辞退所有雇请的按月拿工资的工人,不但环境大有改观,而且每年为学校节约一笔不小的钱。其二,是成立校友基金会,募集到一笔上千万的捐助款,可随时用于全校的学术成果奖励。

廉外雨为此特在一家饭店的雅间,自费设宴慰劳刘胜。几碟可口的菜肴,两瓶"茅台"酒,杯、筷交响,其乐融融。

"廉校长,你的大著《唐诗宋诗之比较》,我认真读了,受益匪浅呵。"

"刘胜兄,这样的书你也读了?是我之大幸。干!"

两人又仰脖干尽杯中酒。

廉外雨双眼放亮,笑着说:"以你、我而论,打个不恰当的比方:我是唐诗,以韵胜,故浑雅,而贵蕴藉空灵;你是宋诗,以意胜,故精能,而贵深析透辟。"

刘胜听了哈哈大笑。

"干!"

"好,干!"

刘胜忽然问:"尊女此次高考,第一志愿是本校,而且过了本省文科划定的录取线。"

"不。因全国考生填本校为第一志愿的多,故录取者的分数抬高了,小女差一分。"

"就一分呀,又是教工子弟,应当录。我有为难事了,本市管文教的副市长,她的女儿和你的女儿是同班同学,比尊女少五分,也过了本省文料的录取线。副市长对我校多有关照,他托我向你求个情,请把他的女儿录取。"

廉外雨猛地喝了一杯酒,然后叹了一口长气,说:"刘胜兄,我知道你的苦处。但你可以告诉他,小女差一分,我决不录取!我和他接触过,他是个知书懂理的人,定不会怪罪你。如他仍有意见,我则去登门谢罪。"

后来,刘胜果然去如实禀告,副市长说:"廉校长连女儿都不肯录取,我若勉强人家,则无任何道理。这两个小姑娘已经约好,复读重考,矢志要上湘楚大学哩!"

……

如今,刘胜却要调离本校,廉外雨不能不愁肠百结。

早些日子,刘胜忽然找到他,请校方破格给他个职称,讲师就可以了,因为出外办事,名片上没挂个职称,总让人看不起。

廉外雨顿感突然,问:"你有学历,可没给学生上个课,没有学术论文的发表,更没有专著,还得考外语,你怎么评职称?"

刘胜说:"我不是为图虚名,是为更便于工作。何况一个讲师职称,你给有关职能部门打个招呼就行了。"

"刘胜兄,行政人员与教师司职各异,岂能混同。一旦兄开先例,其他人都依次而来,不是坏了规矩吗？"

刘胜脸色变了,说:"你有校长的行政职务,还有一个教授头衔,你当然站着说话不腰疼。"说完,一甩手走了。

几日后,刘胜呈上了请调报告。他说得很明白,愿意接受他的另一所大学,答应破格给他一个讲师的职称。

廉外雨决定再找刘胜好好地谈一次,真心实意地挽留他:在一所百年名校工作,是最大的殊荣；行政人员要专意于自己的职守,何必去追恋职称的虚衔？有名无实,是为耻。要有勇气去做一个平凡而务实的人。他还要谢谢刘胜的提醒,他已打报告给上级并批复了,暂停他正教授的职称。将来他不当校长了,作古正经到教室上课了,再去实领教授之衔……

他拨通了刘胜的手机,说下班后要和他小酌叙谈,请屈驾光临。他寻出一把伞,撑开来,走出门去。他要先到饭店去等候刘胜,这是礼数。

帘外雨潺潺,春意阑珊。

口　戏

这个"五·七干校",全称叫"反修防修五·七干校",地处湘潭市远郊的茅山冲。有山有谷有树有花有水田有菜地,一栋栋的土坯茅草房,散落在山边、田畔、树林中。1969年冬,本市文艺界各个行当的人物,当然是多多少少有些问题的人物,都被遣送到这里来了。

我是戏工室的专业作家,曾写过几出古装戏,颂扬的是封建朝代的贤臣良将,属阶级立场有严重错误,被批得昏天黑地。能够来干校,我反觉轻松,比在单位没完没了地写检讨强胜百倍。白天劳动,晚上开会,然后上床睡觉。就是总觉得饥肠辘辘,一餐一钵饭,一碟缺油多盐的小菜,荤腥是难得一见的。在家时,妻子亲操厨事,让我吃得饱也吃得好,从没有饥饿的感觉。我是典型的"君子远庖厨",不会也不想做饭炒菜,除了看书和写戏,什么事都干不了。

我当时四十岁,正是要大量消耗能量的时候,饥饿的煎熬让我度日如年。

戏剧界的人分在一个生产队,住在一个大院,每间房住八个人。我和曲艺团的口技演员乐众住上下铺,他上铺我下铺。原先虽和他碰过面,但交谊不深。现在都落难了,大家顿感亲热。

乐众五十二岁了,他爷爷和父亲都是有名的口技演员,可惜都已过世。他七岁开始学艺,干这行四十多年了,最拿手的是学百鸟鸣叫,斑鸠、黄鹂、杜鹃、乌鸦、百灵、孔雀、麻雀……惟妙惟肖。他曾随团出访过苏联、南斯拉夫。这是两个修正主义国家,乐众也就有了人生的污点。

乐众把口技叫作"口戏",远在明代就有了这个称谓。还说他的原籍是北京,祖上是清末著名口戏大师"百鸟张"张昆山的入室弟子,以后卖艺南下,就在湘潭定居了。

有一天晚饭后,我对乐众说:"我总觉得饿,难受。您呢,口戏大师?"

"吴致小友,彼此彼此,而且,所有的人都一样。我这辈子,会吃也会做,厨艺是相当好的,会做不少名菜。您呢?"

"蠢材一个,只会吃。"

"只会吃的叫美食家,会吃会做的叫吃家,我是真正的吃家。"

"乐大师,没事时给大家讲讲食谱,应该会有'望梅止渴'的效果。"

"这是个好题材,我可以说得绘声绘色。"

冰天雪地,我们修了一天的水利,在食堂吃了顿半饱的粗菜淡饭,然后又去会议室学了两个小时的《人民日报》社论,这才回到宿舍,洗脸洗脚,再上床睡觉。

十时准,熄灯了。

军宣队、工宣队的人,住在院子外面的那几栋屋子里。

床板的响声此起彼伏,每个人都在床上翻动,睡不着。

我听见上铺的乐众轻轻地坐了起来,接着他操着堂倌的语调,高喊一声:"欢迎三位来'东来顺',里面请!"接着又说:"涮羊肉三斤,上火锅、调料呵——"

屋里的人止住了任何细小的响动,在屏息静听。

乐众模仿三个客人移动板凳、落座的声音,再模仿一老叟和一对年轻夫妇的对话。

"爹,您先涮!"

"爹,儿媳先给您涮一筷子,这是礼数。"

"你们知道吗?在北京和北方其他地方,这涮羊肉叫作'野意火锅',是随满清入关传过来的。'东来顺'肇兴于1903年,先是设摊;1921年,建起了馆子。此馆第一是羊肉好,选用的是内蒙古集宁的绵羊,且必须是阉割过的重五六十斤的公羊,每头羊宰杀后大约只有十五斤左右的肉可供涮用;第二是刀工好,羊肉要冰镇后再切成薄片,一斤肉要切出六寸长、一寸半宽的肉片四十至五十片;第三是调料好,芝麻酱、绍酒、酱豆腐、腌韭菜花、酱油、辣椒油、虾油、米醋、葱花、香菜末,任其喜好去调配。火旺了、水开了,涮吧。"

我的嘴角流出了涎水,闻到了满屋子的肉香、调料味。

接着,乐众用嘴制造出筷子夹肉与碟子相触的声音,夹着肉在沸水中来回涮动的声音,舀调料搅拌的声音,夹肉入口咀嚼的声音。间或还传出添木炭的声音,火星子爆响的声音。老人手笨,将一个瓷勺掉到了地上,破碎声很清脆。

大家"呵"了一声,好像看见了瓷勺的碎片。

乐众忽然说:"今晚我们吃饱吃好了,睡吧,明日还要干活哩。"

这一夜,我睡得很安逸。

我们忽然觉得有盼头了,天再冷,活再重,饭菜再简单,都无所谓了,因为临睡前有一顿让人朵颐大快的盛餐。

说菜谱,有声有色,有场景,有人物,乐众投入了最大的创作热情,这是他过去从没有演过的节目。

松鼠鱼、鲜鲫银丝脍、全蛇宴、佛跳墙、熘白菜、大闸蟹……有的表现制作的全过程,有的表现吃时的真实享受。

这消息不知怎么被别的宿舍的人知道了,熄灯后,悄悄地蹲在我们宿舍的门边、窗前,听乐众说菜谱,好好地"吃"一顿后,再高高兴兴地去安睡。

乐众在水田开秧门的时候,突然被勒令搬出我们宿舍,搬出这个院子,住进院外军宣队、工宣队的那几栋屋子里去,而且是单间。干活也不跟我们在一起,他单独一个人到山冲里一块坡地上去放一群羊,不与任何人接触。

有一回,我因干活砸伤了手,被批准休病假三天。我装着午

饭后散步的样子,离开大院渐行渐远,去了乐众放羊的地方。我没有走上前去,只是站在一丛灌木后,拨开枝叶往外看。乐众背对着我,站在一群山羊前,大声说菜谱,说的是任过湖南督军的谭延闿家厨中的一道名菜"神仙鱼",从制作到品尝的声、色、香、味。听完了,我忍不住大喊一声:"好!"

乐众转过身来,拱拱手,说:"我早看见你了,谢谢你来捧场!我在排新节目,总有一天要登台演出的。"

……

文化大革命结束了,"五·七"干校烟消云散,我们都回到了各自的单位。

曲艺团举办了"乐众口戏首场演出",一票难求。乐众打发人上门给我送了一张一排的票,还捎话说,除以往的传统段子之外,说菜谱是重头戏,望莅临捧场。

我当然要去一享耳福、眼福、口福。

观众疯狂地为说菜谱鼓掌、喝彩。

乐众说完"神仙鱼"时,忽然现场抓彩,对着我说:"坐在第一排正中的吴致先生,系我在五·七干校的同学,对'神仙鱼'您可中意?"

我站起来,双手抱拳,大声说:"此天下美味,先生是独一份,我谢谢您了!"

薪火相传

一

1967年隆冬的一个午后。下了一上午的大雪停住了，到处白茫茫的，寒气森森。

六十八岁的巢楚吟，躺在卧室的床上，盖着厚厚的被子，显得极为虚弱。那脸色白里透青，双目无神，喘气声很粗重。他对正在床边往炭盆里添加木炭的慕贤，艰难地说："他们……又通知你去开批斗会了？"

"嗯。"

"每次他们都让你罚跪？"

"我年轻，抗得住，你别担心。"

"唉，你三十有五，本该崛立于世，却代我跪而受过。寿者多辱，何况还要……连累你。"

"学生代老师去挨批斗，是荣幸。几个月前你就卧病在床，又行走不便，他们要抬着你去会场，我告诉他们除非不怕出人命，两全的办法是我代替老师去，会后还可以向你传达，他们答应了。"

这时，院子里有人吼道："反动学术权威巢楚吟，快出来！"

慕贤响亮地答应一声："来——了！"然后，他对保姆刘嫂说："请记着添炭，记着为老师熬中药。开完会，我就回来。"

刘嫂说:"你放心。"

慕贤朝老师挥挥手,走出卧室,穿过客厅,来到院子里。一群戴着红袖章的造反派、红卫兵,正在等着他。慕贤仰天打了几个哈哈,说:"走吧。"心里立即涌上两句古诗:"仰天大笑出门去,我辈岂是蓬蒿人。"

二

二十四岁的慕贤,第一次走进巢楚吟的这个小院子,为1958年残冬。

他毕业于北京大学中文系,因痴爱古典文学并成绩优异,分配到故乡的湘城古籍出版社当编辑,一晃就是数月。总编辑忽亲自写一信,封好,交给他,让他去巢府取一部校对好的书稿。

在此之前,慕贤常听同事说起巢楚吟:

他出身于湘城的书香门第,在北大读了本科又读研究生,然后留校任教。在古籍校勘和古典文学研究领域,颇有名声,著述甚多。他业余爱好体育运动,四十岁时还上场踢足球,一次带球进攻与人猛烈冲撞,严重挫伤右腿膝盖,因满不在乎,错过最佳治疗时期,伤处感染了结核杆菌,只好锯断以便不危及生命。他名楚吟字凤歌,又取号一足。他很乐观,说:"有手便可翻书、写书,一足有什么可愁的。"

巢楚吟是家中的独子,还是一个坚定的独身主义者。1946年其父病逝,其母又决不肯北上,他便毅然辞职回乡。将城中多余的房产及乡下百亩良田全部变卖,一心在家侍奉老母,读书、著述。几年前,母亲也故去了。

现在的湘城古籍出版社,新中国成立前名叫湘城书社,一直聘请巢楚吟编书、校书。新中国成立后，拄着双拐的他，自然不能去公家的单位供职，仍是一个自由职业者。

在纷飞的雪花中，慕贤走进这个小院子。墙角正开着一树红梅，清香袅袅，他跑过去，看了又看。清瘦的巢楚吟拄着双拐，站在台阶前，说："慕贤校友，我候你多时了。"

在燃着木炭的客厅里，慕贤递上总编辑的信。巢楚吟说："信里说什么我都猜得出。刘嫂，请给客人沏茶。"他拿起夹钳，往炭盆里添几块木炭，火星爆响，火苗子呼呼燃起来。

慕贤说："这本《历代论诗绝句》，上下两册，是我编的，劳驾你校对，谢谢。总编说，让我常与你联系，请你不吝赐教。"

巢楚吟说："你能编出这样的书，不简单呵，都是从各种古本上摘抄来的，见毅力也见学养，我很欣赏。有几处疏忽，你有兴趣听吗？"

慕贤忙起立，深鞠一躬，说："愿闻其详。"

"坐下，坐下。那我就开讲了。"

"好。"

巢楚吟从身边搬过书稿，一页一页地翻过去，然后停下来。

"这明代吴宽的小传，你的原文为：'成化壬辰进士，入翰林，官至掌詹礼尚书。卒赠太子少保。'有些含混不清，还有错，我改为：'成化壬辰进士第一，授修撰。历官侍读学士掌詹事府事，进礼部尚书，赠太子太保。'"

接着，巢楚吟再加以细细解说，听得慕贤如醍醐灌顶。

"还有清代的这个'马长海'者，是满族人，其父名'马期'或'玛奇'，其姓为'那兰'或作'那喇'，以父名为儿子之姓，是错的。不过，是你所抄的书错了，不能怪你。"

慕贤说："以讹传讹，便是我的错，是读书太少之故。"

"你有北大人的风致,我很高兴。"

……

他们见面的机会越来越多。慕贤明白了总编的心意,不仅是业务上的联系,而是让巢楚吟对他耳提面命,让他在人品、学识上长足进步。巢楚吟说:"北大的蔡元培校长,有所不为,无所不容,是立世、治学的要诀。有所不为者,狷洁也,非义不取,其行也正。无所不容者,广大也,兼收并蓄,其量也宏。你切记、切记。"

慕贤连连点头,说:"我一刻也不敢忘记。"

在风雨交加的暮春,巢楚吟为慕贤讲解西晋木华的《海赋》,说赋中百分之七八十的字都是三点水的偏旁,视觉上便是水意泱意,宛若身临其境,顿感波涛澎湃、瀚海茫茫。在月光朗朗的秋夜,坐在露天,讲谢庄的《月赋》,巢楚吟高诵"白露暧空,素月流天",慕贤情动击掌以和。

日月替换,逝者如斯。

慕贤读了不少的书,编了不少的书,还写了一本《明人小品的价值取向》的书。他成了家,有了一个男孩子。男孩子很可爱,见了巢楚吟,一个劲地叫"爷爷"。

慕贤结婚时,巢楚吟寻出一对祖传的田黄印石,为小两口刻上姓名,赠之为念。两个印章的边款相同,都是"无我为大,有本不穷"八个字。

转眼到了1965年的初冬,巢楚吟将数万册古今藏书,捐给了湘城古籍出版社。他告诉慕贤:"大风将至,已起于青萍之末。这些书不少是古本、珍本,毁了太可惜。捐给贵社,是个好去处。将来我不在了,你还可以去翻阅,宛若我在。"

慕贤听了,惊得半晌无言。

第二年,文化大革命洪波陡起。

三

慕贤开完批斗会回到小院时,已是黄昏。卧室里传来刘嫂的呼叫:"巢老师,巢老师,你怎么啦?"

慕贤飞快地蹿进卧室,只见巢楚吟伏在床边,手里拿着一把铁钳,铁钳上还夹着一根木炭伸到炭盆边。他走过去扶起巢楚吟,喊道:"老师,老师,我回来了。"

"别怪……刘嫂,是我想……最后一次添炭,为你暖一暖……身子。"

巢楚吟说完,手一松,夹钳掉落地上,然后,双眼紧闭,停止了呼吸。

慕贤不由得号啕大哭……

古庙新神

苍古的瓦子山渐渐没入夜色中,那略可辨认的轮廓,在几点寒星的勾勒下,突兀狰狞,酷似鬼怪。无风,无虫鸣,无鸟啼,正是初冬,死寂如冰冷的墨黑的潮水,肆无忌惮地淹没了一切。瓦子山中唯一的麂子村,错落而低矮的石屋,栖息着世代繁衍生存的希望,而此刻无声无息,宛若凄楚的墓群。生和死,似无明显的界限。略略显出些许活力的是村头山神庙前半明不灭的香火,歪斜地在完成某个未完成的仪典,使这夜更见其恐怖。

十二郎如一匹困兽，翻动在硬邦邦的床上。石屋里没有点灯，寒气从四面向他挤压，然而他却浑身发热。他还年轻，二十岁的男子是充满野性的动物，滚烫的血呼啸在身体的各个部位，肌腱如发酵般隆起。

他为什么要归来？为什么不随那伙淘金人去冒风险，或许可以见识到一个崭新的世界。这麂子村的生活太贫困太清冷太死板，一年到头要做的事，无非是点苞谷、收苞谷、吃饭、睡觉。没有女人的男子或没有男子的女人，连睡觉也是一件可诅咒的事。而麂子村的人活得悠然，活得兴味深长，觉得这世道原本就是这模样。村子虽穷，却顺遵古礼，所有人因发端于林姓祖宗，便自成一个宗族，便有了一个老蒙癫冬的族长林九公，便有了一套维系一村利益的法则，便有了昭彰善行、处罚恶行的册表和刑律。穷而不弃礼，穷而愈坚，麂子村不失为一个楷模。林九公曾自矜地说："不擅越古法，不存非分之想，这便是做人的道理。"

十二郎自父母死后，性格愈见孤僻，每日无事，喜欢联想一些稀奇古怪的事，想而不可得便痛苦难耐。比如，自小和他订婚的女人林瑞花，已经十八了，算得村中一个标致人物，他常想和她说话，和她亲热。或者尽快娶回来，但却不能。前者是礼法所抑制，后者是家无余物，喜事还断然不可奢想。他恨麂子村。

先些天，村里派他和几个人，用黄牛拉着木轮车，到五十里外一个小镇去用苞谷米换一些盐和布匹。他长到这么大，还是第一次出山。到了那小镇，他见到店镇，见到街道，见到许多男人和女人——女人比麂子村的好看，头发黑一些，脸色白漂一些，十二郎狠狠地发了几回呆。在一个煎油饼的小摊前，他听见了一伙精壮的男子在谈论，到一个叫玉石溪的地方去淘金的事。金子?!混杂在河沙里，几掏几掏就可以掏出一捧。十二郎先是惊诧，尔后狂喜。麂子村如此穷,假如去淘金,不是一项极美的营生么?他假若有了钱,应该盖新屋,应该置办衣服,应该把瑞花迎娶回来,应该……

牛车吭咚吭咚返回了麂子村。

十二郎邀了几个伙计到家里,把他的所见所闻,津津有味地说出来,听的人嘴巴大成一个裂开的瓢口,再也合不拢。

"十二郎,果真是这样?"

"一点也不假。"

有人叹气,这辈子活得太冤枉!

全村人都知道了这件事,知道了还有一个地方出金子,金子就在河沙里闪亮。

就在当天的薄暮时分,十二郎突然被捆绑起来,捆绑他的大都是他热心的听众。

十二郎吼道:"我犯了什么法?"

"犯了什么法?!林九公说你危言耸听,扰乱人心,要绑到山神庙前去用刑。"

十二郎再不作声,林九公的话就是圣旨,一切反抗皆无益。

十二郎被绑在山神庙前的石桩上。天好冷,绳子勒得好紧。村中男女老少在一面破铜锣的催唤下,一齐惊惶地拥到山神庙前来。

九公铁板着一块脸,浑浊的老眼里灿然射出火光,他走到十二郎跟前,大声问:"你可知罪?"

"不知。"

十二郎的回答很使林九公生气,他干咳了几声说:"你不知罪,我叫你知!来,扇他的嘴巴!"

从人群里跳出一个武高武大的男子,扬起手掌,呼哧呼哧地

扇打十二郎的嘴巴。十二郎的脸上即刻排满密密的指印，由红而白，由白而青，嘴角猛地淌出血来，猩红如火，灼灼的。

十二郎往人群里看去，看见那张黄黄的脸，眼里含着泪水，那是瑞花。

火把点起来了，噼噼啪啪响得碎裂心肺，人影重叠着、跳动着，似梦非梦。

九公又问，"十二郎，你好不晓事，如今明白了一些么？"

十二郎勉强点点头。

"下次还胡来么？。"

十二郎摇摇头。

"那好。点起香，让他跪在山神庙前认悔。"

一排香点燃了，向苍穹飘出袅袅的青烟。松了绑的十二郎跪在庙前，口口声声表示今后一定改悔："山神为证，此誓永存！"说到最后一句时，十二郎不禁打了一个寒噤。

夜深了。

十二郎摸摸生痛的嘴巴，蓦地站起来，胸中似有一团火在滚跳。尽管他起过誓，但他决不会当真。这麂子村的生活他讨厌了，这是一种永远没有希望的生活，活着如同死去。既然已经"死"去，不如去寻一条活路，用一种有力的行为来证实自己的不谬，他决意逃走。

待清点好简单的行李，忽又想起瑞花，临行前应去看看她。

于是他挎着一个包袱，趁夜深人静，悄悄地摸到村尾的一座石屋后面，那屋子里住着瑞花。

他轻轻敲击窗棂，轻轻地呼唤："瑞花。瑞花。"

等了好一阵，窗子才打开一条缝，露出一线脸，问："哪个？"

"我——十二郎。"

瑞花惊得"哦"了一声,随即说:"快走,快走,九公知道了,会打死人的。"

"我有句话跟你说。"

"明天再说。不,以后再说。"

窗子严严地关上了。

十二郎凶狠地望着窗子,骂了一声:"你这贱货。"骂完,一转身朝深冷的夜色里扑去。

夜色被撞破一块,又缝合一块。

这夜真长、真黑、真冷。

十二郎一眨眼走了许久,麂子村的人也再不提及他——提他做什么,那是一种羞耻。林九公早已在山神庙前,点起香烛,宣读了一篇檄文,列举十二郎种种罪状,林氏家族再不承认他的存在。读完,将檄文焚去,昭告神明,以示不悔。

在心中时时念及十二郎的只有瑞花。

当她听说十二郎走了,奔回石屋,狠狠地哭了一场。她的命太苦。她不为自己今后的日子而悲伤,守节——自然要守节,她是许了终身的人,先人的范例多的是。悲伤的是她的"丈夫"竟是这样一个顽逆,竟被众人唾骂,以至再不许回到林姓家族。

在深夜,她用锋快的剪子剪下一把青丝,然后把它埋到屋后的泥土里。她的心死了,她的青春死了。于是不说话,不笑,只是默默地做事,呆板地打发着光阴。

林九公逢人就讲瑞花是个好女子。

然而她毕竟年轻,心总是难以全部枯死。春天桃花开的时候,她站在树下痴痴地看,花光泻入她的眸子,绯红一片。见周围无人,便采撷几朵插上鬓发,在泉水边左照右照,胸口便发热,身子便酥软。忽地想起什么,慌慌地将桃花扯下,揉碎,撒到水波

上,残缺的花瓣顺流漂去,凄凄惨惨。秋天,苞谷熟了,那黄黄的缨子茸茸的,用手一触,很痒很舒服,青黄的叶壳裹着那排满籽粒的棒子,壮实得想用嘴去啃、去嚼。走在山路上,她还喜欢扯两茎"蟋蟀草",各自打上结,然后穿插着套死,用两只手使劲拉,这叫"斗草",是儿时经常玩的游戏,如今却别有一番滋味在心头。

她想如果十二郎不走,该"圆房"了,她会给他生一窝娃娃的,就像苞谷棒子上的籽粒。于是悔恨那一晚,为什么不打开门,和十二郎一起逃走,或者哀求他留下。

那是一个夏天的午后,瑞花在山上砍柴,柴刀砍得好狠,哗啦啦一片乱响,汗水湿透了汗褂,柴很快堆成一座小山。她累了,把汗褂脱下来,晾在柴堆上,趁四野无人,躺在松软的草丛里睡着了。

十二郎如一匹麂子,猛地窜了过来,瑞花的身上有了重量。她睁开了眼,不是十二郎,是另一个男子⋯⋯

黄昏后,她挑着柴回到家里。

她再不一个人上山去打柴。

她真的"老"了。头发渐渐地枯黄,脸如一片干涩的叶子。

林九公也耐不住时间的打磨,终于寿归正寝。新的族长应运而生。

一晃二十年过去了。

又是一个冬天的早晨,大雪纷扬,离春节渐近。

一个村民偶尔到山神庙里去烧香,猛见神台上泥塑的山神爷倒塌成一地碎块,代之而高踞在上的是一个盘腿僵坐的人。他满脸尘灰色,病厄、劳累、饥饿涂出一生的悲壮与挣扎;衣服破破烂烂,沾满褐紫的泥痕。山神爷,是他扳倒的。至于他又是何时死去,何时坐到神台上的,则茫然不可知。村民忽又见这人的身边,立着一个胀鼓鼓的小口袋,解开一看,是一袋熠熠生辉的金沙。村民打了一个愣噤,再细辨口袋,沿口有一行字"十二郎",便惊叫一声,疾速奔回村去。

全村的男女在震天响的锣声中,赶到山神庙前来。因庙小,族长领着一些年长的男人进入庙堂跪下,其余的则黑压压一片跪在庙外面。

族长浑身发抖,不停地叩头,结结巴巴诉说了林九公当年的错谬,以及全村的惶疚。

"十二郎神,你下凡到麂子村救苦救难,林九公老蒙癫冬,肉眼不识,万望不要迁怒于全村愚良。叩头啊——"

地皮上咚咚咚一片乱响。

"如今你推倒山神,还你真面目,麂子村一定重修庙宇,再造金身,时时礼拜,乞十二郎神庇佑小村兴旺发达。叩头啊——"

所有的人敛声屏气,叩得额上青紫一片,眼泪哗哗地淌下脸颊。

独瑞花未到,思想起那年夏天在山中打柴的情状,羞愧万分,心中漫开无限量的恐惧,她曾亵渎了神,哀号一阵,撞石墙而死。

金沙换成了砖瓦和木料,换成了一座堂皇的庙宇,换成了一尊正襟危坐的十二郎神雕像。

这庙叫十二郎庙。

有庙有神,便有了香火。

却没有人再想出山去淘金。淘金么?只有十二郎才做得到,他既归来,一切便有希望,他的意旨是不可逆转的。

麂子村有了一尊新的神。

日子又如原状,悠悠然地度过去……

夜未央

曾在大都市一个显赫的府第做过数年幕僚的于得水先生，突然困窘无奈地回到了孟由镇，又因生计无着当上了巡夜的更夫。

于先生年满花甲，终日着一件破长衫，头发黑中泛白，且脏且乱，刀形脸刻着深深浅浅的皱纹，背也弯了，模样比他的实际年龄老得多。家中已无什么亲人，只剩得当街的两间旧屋，到处是蛛网、尘垢。听说他在大都市曾有过家室，但因其潦倒便弃他而去。

于先生的邻居常老三，年轻时曾在于家做过杂役，后来当更夫——一晃三十载，如今已七十多岁，又老又病。他临终时，把于先生叫过去，交一面锣一个梆子给他，说："你混口饭吃吧。"

于先生凄然不语。

"于先生，这活计有意思哩，莫轻看了，虽说你昔日荣耀，但眼下却得活下去，你会喜欢这活计的。"

于先生只得接过打更的锣和梆。

常老三死了。

于先生正式当了更夫。

孟由镇是古城湘潭东北角的一个大镇，冲着几省相连的驿道，从前可是绝顶的繁华，云南、贵州的药材，江苏、浙江的绸缎，江西的煤，湖北的铁……川流不息地在这里聚和散；各处的商贾、戏班子、达官贵人都爱在这里驻停——这里有好酒楼、好妓院、好景致。

景有好几处可看,比如,镇前的湘江中央有一绿洲,"湘江落照"颇叫人留连;镇后有一黄叶寺,"古寺夜钟"听起来清韵悠远;还有"柳堤莺语"、"江湾桃汛"等,都是可以入诗入画的。镇中有横竖相交的两条长街,店铺林立,商货如山;到了晚上灯火辉煌,别有一番情趣。

然而,这种情状已是明日黄花,几番战乱,早将孟由镇的繁华扫荡一尽,只剩下一幅凋敝、凄冷、破旧的残画,使你恍若隔世,徒生悲叹。

不是么,曾算得上是很有身份的于先生,居然当上了更夫!

白天,他于镇中各处走走,企望碰到一二个熟友,聊聊天,叙叙旧,或许可以释去心中淤积的愁闷。然而家家关门闭户,人声悄寂,偌大一个镇子如同坟场。他有些悸怕,这镇子到底还存不存在?若不存在,他打更又有什么意义?常老三曾告诉他,领取每月的工钱,要到城中的一个慈善机构去,分文不少。这样看来,孟由镇又分明存在——确实存在。早晨,傍晚,各家的屋顶上有炊烟飘出,便是一个证明。

于是,他返回家中,胡乱做些吃的,然后倒头便睡,养息精神到夜里去用。何必去碰见熟友呢,他沦落至此,如遭人白眼反而老大没趣。

打更也是一种生活,于先生遂心安理得,实实地睡了。

五月的夜,温馨而美好。湛蓝的天上有好看的星子,江水柔和地抚拍着堤岸,其声悠远。孟由镇开始有了响动,有了人声,这响动这人声极细微缥缈,于先生竟用心把它们一一感受出来,一种许久没有过的兴奋在周身复苏。他从怀里掏出一块旧金表,细

细地对着油灯看了一阵,快子夜了,该出门打更了,一个更次打一遭,横街、竖街地巡视,也是一件有意味的事。

铜锣和木梆不知用了多少年月,锣面的中央凹下了一块,还有个残破处,其声恐怕会有些喑哑,梆子也因平日敲打得很残酷,磨去了很厚的一层,但光滑得很雅致。

这夜好,这打更的活计好,于茫茫夜色中,谁会辨出他是于得水呢?

于先生吹熄油灯,掩上门,走到街上去。

当、当、当——嘭——

"一更了哟——"

锣声涩,梆声咽,他的喊声亦嘶哑。

锣声、梆声、喊声过后,夜色中粲然亮起数点灯火,有油灯,有灯笼,也有火把,在各处闪动。有了匆促的和悠缓的脚步声,有了细小而零乱的说话声——孟由镇好像于沉睡中醒过来,变得有了活力。

于先生微微笑了,方才想起常老三说过的话,这活计果真有意思!

拐过一条街,迎面走过来一个女人,差点撞到于先生身上。

于先生从细微的光影中看出是一个很憔悴的中年妇人,头发蓬乱,衣衫破旧,怀里却抱着一个琵琶,琵琶无弦。

妇人望了望他,惊诧地问道:"不是常老三打更么?"

"他故去了,我接他的手。"

"你是哪个?"

"我……于得水。"

"于先生么,你回来了,刚走又回来了,大都市不好耍么?你怎么不认得我了,我是朱兰生。"

"哦,朱兰生……"

"于先生,今晚我应召去吉云大酒店侑酒,胡子轩胡老板设宴哩。我先走了,你快来。"

朱兰生向他媚媚地一笑,匆匆而去。

于先生一时愣在那里,半晌无声。她就是朱兰生么?

十多年前,他衣锦还乡时,曾和她缱绻过数日,朱兰生怎么说他"刚走又回来了呢"?那时朱兰生可不是这副模样,姿容娇丽,身材窈窕,眉目极善传神。且弹得一手好琵琶,轻拢慢拈抹复挑,四弦间便跳出如花似梦的曲调来,《汉宫秋》《十面埋伏》《春江花月夜》,无不妙绝。他曾撰一联赠她:"蕙心兰质无双品;活色生色第一枝。"极巧妙地将"兰生"二字嵌入联中。当时朱兰生脸生光彩,益发娇娜无力,对他说:"于先生,我们何日再相逢?"他答:"两心相许,又岂在朝朝暮暮。"岁月无情,人事倥偬,朱兰生如今凋零若此,还做着这卖笑生涯,而他却成了一个更夫!

有卖饺饵和甜酒的担子,摇曳着风灯和夜色,影影绰绰,从于先生身边掠过去,飘袅着熟谙的诱人的芬芳。于先生不禁咽了口唾沫。

当、当、当——嘭!

"得水兄,得水兄。"

于先生忽听得背后有人喊他,猛一回头,见面前站着一个老军官,挎着斜皮带,蹬着长马靴,右腿弯曲得很厉害。

"你是江———戈,一戈兄!"

"哦呀呀,得水兄还认得小弟,荣幸荣幸。"

江一戈从上到下把于先生打量一番,忽然哈哈大笑:"得水兄,好雅兴,居然打更玩儿,你们文人就爱搞些莫名其妙的事,可得了诗句否?"

"我……我……"于先生张口结舌,说不出话来,脊背上透出许多冷汗。

"好,好,不开玩笑了,今晚胡子轩兄在吉云楼设宴,我先走了,你也快来。"

"好,我就来。"

江一戈一路打着哈哈,一拐一拐地走了。那腿恐怕是中了枪弹,回镇上来养伤吧。于先生想。

这么多故人还活着,真是一件幸事,而且今晚都在吉云酒楼聚首。于先生心头一热,决定到那里去看看。他把锣和梆悄悄地放在一个小巷口的土地庙背后,抖了抖袖子,拂去长衫上的尘土,昂了昂头,径直朝镇中心的吉云酒楼走去。

街上的灯火渐多渐密渐亮,人也渐稠,喧喧嚷嚷,形同白昼——那时的白昼便是这幅图景。

吉云大酒楼,是座两层纯木结构的厅楼,黑漆金字大匾,门楼上挑出四只大宫灯,流光溢彩,极为富丽堂皇,楼下卖各种小吃,楼上专办酒席堂菜。

于先生飘然走进吉云大酒楼,然后登上红漆楼梯。刚到楼口,便有堂倌迎上来,高声唱道:"于先生到——"

尾音未落,立刻从厅中走出一个人来,对着于先生一拱手,说:"得水兄光临贱席,弟子轩不胜荣幸。"

于先生忙回礼,说:"多蒙子轩兄相邀,弟久不还乡,深感旧雨情重如山。"

"来,入座。"胡子轩亲热地挽住于先生的手,一直走到首席坐下:各席的人纷纷离座前来寒暄,令于先生应接不暇。

于先生应酬完毕,偷眼打量胡子轩,只见他穿着旧西装,领带脏乎乎的,身上飘出难闻的气味。

"子轩兄,近来发财!"

"彼此彼此。弟不过经营一些药材生意,发点小财吧,哪像于兄立足大都市呼风唤雨啊。"

于先生矜持地一笑。

吉云大酒楼的胖老板走上前,恭敬地说:"胡老板,上菜吧?"

胡子轩一挥手:"上吧!"

堂倌开始穿梭奔跑,一个个大碗大盆大碟摆上桌子;一只只锡酒壶开始往酒盅里斟酒。没有菜,也没有酒,这是怎么一回事?于先生一惊,轻轻捏了一下大腿,痛,这不是梦!那么,这些人又在做什么?真叫他迷惑不解。

胡子轩端起酒盅,说:"感谢各位的莅临,特别是远道而来的于先生,来,干!"

酒盅互相碰响,叮叮当当响成一片。

"兰生,弹一曲助助酒兴。"胡子轩一转脸,对坐在身边的朱兰生说。

朱兰生用手拢拢鬓云,娇媚地问:"请各位点曲。"

胡子轩说:"《春江花月夜》吧。"

朱兰生转轴调弦,接着手背频挥,满脸是笑地弹起来。

——没有弦,没有声音。

但满座是唏嘘惊叹之声,仿佛真的听到了什么妙曲。

于先生听着、听着,渐渐地似乎听到了声音,如花似梦,袅娜多姿——功夫不减当年!

曲终,喝彩声迭起,朱兰生丢过一个媚眼,于先生慌忙接住,心已有几分醉意。

有人喊:"于先生,今夜您不可无诗啊。"

胡子轩点头,说:"那还用说。"

于先生呷了口"酒",站起来,吟道:"今宵玉指弹琵琶,花月春江处处家。司马浔阳风雅去,犹逢旧雨在天涯。"

吟罢,众人齐声喝起彩来。

酒宴到了天快亮时方散。

于先生辞别各位,走出酒楼,略感晨风中凉意如水……

天亮了,于先生睁开眼,发现自己还躺在床上,心一惊:昨夜竟没有去打更?忙跳下床,去寻锣与梆,却不见。忆及昨夜情景,急匆匆找着那土地庙,锣与梆安然无恙,于是心又一惊。昨夜,他去打了更,但后来去了吉云大酒楼赴宴。这种种情形,到底是真是假呢?这真是一个谜!

镇上依旧悄无人声,于晨光中有缕缕炊烟飘动。于先生拿着锣和梆,忙寻到镇中心的吉云大酒楼,只见大门紧闭,宫灯破旧,一副衰败景象。门上贴着一张白纸,上写:"因本店经营不善,债务累累,从即日起关门大吉。"

于先生停立门楼前,想了想,心头陡地一亮。

昨夜,该是梦游了。这孟由镇的人,都生活在梦游里。昔日的许多人物,以一种独特的方式温习昔日的情境,逃避惨淡的现实,善哉。

于先生如许多年前那样,充满了信心,充满了活力。他想去镇外的城中贴一些"戏单"之类的告示,上写"欲温习往日之繁华者,请到孟由镇作一夜之游,可重睹友人旧貌,可勾织人生最为辉煌的风采,花费甚少,得益匪浅,经办人于得水。"

他从此可以打更,也可以做此项游戏中的一个人物,可入可出,把这人世的滋味细品慢嚼,何乐而不为!

于先生真正地快乐起来了。

高干病室

在"东方医院"的这间急诊室里，摆着八张病床，有八个垂危病人在等着救治。

年近六十的张刃，睡在第五床，一直昏迷不醒。坐在床边的秦欣，胖胖的脸上满是忧愁。他没想到老友张刃，从千里之外的A省省会，到C市来探访他，于是他邀约一群新闻界的老人，一起来参加他为张刃所设的洗尘接风宴，酒还没过三巡，张刃就突然中风倒在了地上！时为1982年的深秋。

在这个人口过千万的大都市，最好的医院要数"东方医院"，有第一流的医生，也有第一流的设备。但能到这里来看病和住院的人，却有严格的规定：必须是各级政府的公务员。而院中之院的高干病房，只接收副部级以上的病人。

张刃不是本地的公务员，本是进不来的。但秦欣是C市《大都市报》的总编，"东方医院"的院长是他的熟人，把电话打过去，反复说明张刃的身份，院长就把救护车派来了，先安置在普通的急诊室。秦欣知道院长已经很卖面子了，进来了再想办法吧。

盖着一床薄薄被子的张刃，只有瘦瘦的一条；窄窄的脸，闭得紧紧的双眼，嘴角歪歪的。眼下的最好方式，似乎只是吊水，只是使用脑起搏器。医生和护士戴着口罩，在急诊室里出出入入，病人的家属叽里呱啦说着话，这环境实在太差了。

按张刃的年纪，又有高血压的老毛病，本不适宜一个人单独

外出。但张刃的老伴要带孙子,抽不开身。按他目前的身份,A省省政协的副主席,即便是访友,车旅费、住宿费都是可以报销的,还可带个单位的小青年沿途照顾。张刃通通谢绝,这种特权他不能享用,一切都自费!血压高怕坐飞机受不了,是坐十几个小时的火车赶来的,能不累吗?稍喝点酒,就出了险情!

秦欣喃喃地说:"张刃呀,你可不能丢下老朋友,你得赶快好起来。我们吃过多少苦?好容易天和地顺了,还得把时间抢回来,多干活哩。"

他们是几十年患难与共的好友。

1944年大学新闻系毕业,他们供职于C市的《正义报》,都是好笔杆子,早就加入了中国共产党。秦欣长于新闻报道,张刃善于写言论,揭露国民党政府的腐败,抨击种种黑暗的社会现象,名字都上过特务的黑名单。

解放时,他们都只二十八岁。秦欣是C市人,任命为《大都市报》的副总编。张刃被调回故乡A省省会,当时是《新江南报》的总编。两地遥遥,或打电话,或写信,联系频繁。因开新闻方面的会议,他们隔上一年半载,也有聚首晤谈的机会。

1957年,他们兀地都成了右派。

秦欣是因为批评一些当官者的官僚主义作风而获咎,张刃是因发表系列攻讦官员特权的言论而遭厄运。一个开除公职去了农村作田种菜,一个下放去了工厂当搬运工,一干就是二十多个年头。彼此都不联系,因单位的变动也无法联系。"四清"运动,文化大革命,一浪接一浪。待到天下真正太平,他们这才重出江湖。

秦欣任《大都市报》的总编,管领C市的重要新闻阵地。张刃没有回报社,安排在省政协当副主席。他们期待着久别重逢,畅叙衷曲。

终于,张刃翩然而至。秦欣在火车站的出站口,举着一块写有"张刃"的纸牌子接站。当张刃看到纸牌子时,把行李一放;而秦欣也认出了他,将纸牌子一丢。他们面对面急步靠近,然后紧紧地拥抱在一起,老泪纵横……

秦欣见一个年轻的医生走过来,忙站起,和气地问:"大夫,他什么时候会醒过来呵?"

"这不好说,您耐心等待吧。"说完,他别过脸走向另一张床。

秦欣说:"等?等到张刃真出了事,就来不及了。"

他忙去走廊上,找了台座机,拨号打给院长,请求把张刃安排到高干病房去。院长为难地说:"怎么证明病人是副部级呢?而且,即便是副部级,也得请C市的领导发话呵。"

秦欣叹了口气,再打电话去报社,让行政科派两个人来看守病人,当然要带台小车来。他可以使用这种特权:调车调人。他得去C市的政协,找一、二把手,把情况说明。C市是中央直辖市,与A省同一级别,彼此的政协自是兄弟关系。他要请C市政协给A省政协打电话,说张刃在C市病倒了,住不进高干病房,赶快开出证明发传真过来,说明张刃副主席为副部级。还要请A省政协派人来料理各种事项,最好能把张刃的家人接来。

所有的问题都迎刃而解。

首先是张刃住进了高干病室。几个有经验的大夫,迅速为张刃会诊,研究出一套切实可行的抢救、护理、康复方案。

C市政协主要负责人亲自面对面给医院领导打了招呼,再到病房去看望了张刃,献上一大束鲜花。

A省政协派专人坐飞机来,还带来了张刃的老伴。

半个月后,张刃能坐起来了。

在这间宽敞、明亮、雅洁的病房里，只放着一张病床！离病床五米远的地方，放着长条茶几、茶具柜、真皮沙发、暖水瓶和书报架。

一个老大夫说："张刃先生可算是死里逃生，再住一个月左右就可以完全恢复了。"

张刃说："谢谢你们，谢谢！"

大夫走了。张刃对秦欣说："可叹呵可叹。我从年轻时代起，就对批判特权不遗余力。但我这次得病，却又不能不依靠特权的荫庇，这才真正是我的悲剧。"

"不，是我们的悲剧。院长曾请求我就此事写一篇通讯，以表彰他们的医德医风。就为此院治好了我的老友，这文章我不能不写。"

"也给 C 市政协捎上几段话吧。"

"好。这应算是一种话语特权，我也难避其俗了。"

两人再不说话了，你望着我，我望着你，眼里有了浑浊的泪水。

从脚下做起

夜阑人静，窗外秋风飒爽。

早已进入梦乡的温润，朦朦胧胧感觉到房门小心地打开又小心地关上，轻轻的脚步声停止在床边，接着，被子下端被慢慢揭开，她的双脚立刻有了凉意。有一只手——当然是丈夫边地的手,伸向她的右脚,抚了一阵,又轻轻握了握,然后再把被子盖好。温润在这一刻很感动,结婚都十年了,他还喜欢她的脚,这足以证明他还爱着她。

边地小心地脱下西装、衬衣、长裤,放在床头边的椅子上,只穿一条裤衩,钻进了被子,和温润并排而卧,身体与身体拘谨地留出一线空间。不一会,边地的鼾声随之而起。

温润以为会发生什么美好的故事,依然序幕即是落幕。这种格局,已经演绎有二、三年了。

温润和边地是怎么相识、相爱、喜结连理的?又简单又复杂。

是他们上了本地的同一所大学,温润在社会学系,边地在建筑系,因都参加了志愿者协会,才彼此由陌生而变得熟悉?不对。以他们的出身门户而论,压根儿就走不到一块。温润是独生女,父亲为一家现代大企业的总工程师,母亲是一所名牌中学的校长;而边地是一个地道的农家子弟,上有姐下有妹,爷爷、奶奶、父亲、母亲还有一大群亲戚,全是作田种菜的角色。

是他们成绩好、表现佳,分别是各自系里的翘楚?也不对。温润对这些并不欣赏,她会写旧体诗词,会写毛笔字,会下围棋,是名副其实的才女,能配得上她的鲜少矣。

只因为他对她的脚,由衷地赞美。

那一年在湘江边抗洪,同学们分散在各处,赤脚奔跑着传递沙包、土袋,温润和边地碰巧在一起。当温润的右脚被碎瓷片划破,痛得眼泪涔涔地坐在地上,边地掏出一条洁白的手帕为她揩去脚上的泥污,然后为她上药、包扎。

边地说:"你的脚很小巧,很美,温润如玉。"

她忍不住笑了。她一直暗自为这双只穿三十四码鞋、窄而匀称的脚而沾沾自喜,父母也说过这样的话。"你怎么懂得这些?"

边地说:"乡下的女人常说这样的话题。再说,古诗中也有很多描述。"

当时温润正在课余研读英国人霭理士撰写、国学大师潘光旦译注的《性心理学》,此中就谈到"足恋"的问题,她猜测边地是不是也有恋足的痴情。她问:"是哪些诗句呀?"

"曹植《洛神赋》:'凌波微步,罗袜生尘。'陶渊明《闲情赋》:'愿在丝而为履,同素足以周旋。'还要我背诵吗?"

温润说:"星期天晚上,我请你看电影。"

他们就这样顺理成章地"好"上了。毕业后,温润读硕读博,然后留校教书,开的课主要是"中国人性心理研究",也有著作《红楼梦性爱索隐》、《金瓶梅与性》面世,因而评上了副教授。边地一毕业就闯入了社会,先是在一家房地产公司主管技术,然后向银行贷款自立门户干得热火朝天,赚了不少钱,成了让人羡慕的老板。温润读完博士,双方都是廿八年华了,长久的恋爱换来了洞房花烛。第二年,他们便有了一个女儿,如今女儿九岁了。温润的父母都退休了,兴致勃勃地把孙女带在身边,一点都不让他们操心。

温润却为自己的事操起心来。她本可以退职回家当全职太太,到底舍不得自己的事业,也珍视眼下的文化地位。她说不清边地对她有什么疏淡的地方,钱没少给,情没稍减,是不是他快四十了,有些精力不济呢?

屋子里很静,温润的鼻翼敏感地翕动起来,空气里分明散发着一种很熟悉的香味,不是香水味,不是卫生丸味,是一种人的乳汁气味。当年她哺乳女儿时,女儿的嘴角常溢出多余的奶汁,也是这种气味。

边地的衣服,放在床边的椅子上,奶汁气味是从那儿散发出来的!

不是某个少女磨蹭上去的,没生过孩子的女人,奶汁味没这么浓。只可能是丈夫去抱刚哺乳过的孩子时,孩子口里多余的奶水流溢到了他的衣服上。怎么以前没闻到这种气味呢?因为丈夫每次回来,都要先去洗澡,换下的衣服泡在浴室里,第二天再由保姆去浆洗,而今夜他可能太累了,没洗澡就上了床。

温润愤怒了,她要把丈夫叫醒,问个一清二白。如果在外面包养了二奶,还生了孩子,那便是"重婚罪",就让他去大牢里呆呆吧。但很快她又镇静下来,这奶汁味可以当作证据吗?即便把他送上法庭,他们的婚姻也就戛然而止,那个女人和孩子便可乘虚而入,她的脸就丢大了。她得忍,要忍得不动声色,家和是头等大事。

她闭着眼一直想到天亮。丈夫醒了。

她把身子挨过去,轻声问:"你昨晚又看我的脚了?"

"嗯。"

"你好久没给我买鞋和袜了。"

"我今天就去给你买最漂亮的鞋和袜。"

温润把双足塞进了丈夫的手里。"我们得从脚下做起,好好经营这个家,你说是不是?"

边地一个劲地点头。

"你爹你妈想孙子吗?"

"爷爷更想,想得都病了。可我们只能生一个,尤其你是公家的人,能犯事吗?"

"你不会想想办法?"

边地脸红了,说:"有什么办法呢?"

"你会有办法的。"

吃完保姆做好的早餐，他们高高兴兴上班去。

温润每过几天，就会用玩笑的口吻，来谈一个重大的话题。

"我们女儿太孤寂了，要有个小弟弟多好。我能生，可不敢生。你去领一个回来吧。"

"怎么去领？领来了，你接受？"

"有个男孩，你家高兴，我当然高兴。得让人不说闲话，到外地孤儿院弄个证明，在本地上个户口，你有本事去打通关节的，这是爱心行动哩。哦，我爹妈也该有个别墅了，找个新建的社区，熟人少，有利于孩子成长。"

"置办别墅，没问题。"

温润忽然嗲声嗲气地说："我的右脚疼，给我捏捏吧。"

边地说："好咧——"

又过了三个月，边地真的抱回一个半岁大的男孩子。温润怎么看，这孩子都像边地。"你……都办妥了？"

边地答得很响亮："都摆平了。"

温润想：边地应该给了那个女人一大笔款子，让她心甘情愿留下孩子而远走高飞。她为自己的忍辱，也为那个女人的无奈，深感悲哀。

她说："爹妈和女儿都住进别墅了，我们也领着孩子过去吧。你来跟他们说，要说得在理和动情。"

她当着边地的面，好好地洗了脚，穿上镂花真丝长袜，蹬上新式样的法国麂皮高跟鞋。

边地目不转睛地看着，痴痴地。

山长水阔雾茫茫

　　这古镇出落的地方太新奇，居然要乘机帆船先在一大片湛蓝的湖上，行走近一个小时才能到达。古镇前这湖的底下原是深深的峡谷，峡谷里亮着一条小河。因三十几年前，下游筑起巍峨的大坝，建起一个恢宏的水电站，水便往上漫，漫成一片湖，湖水浸到镇子脚下，镇子便成了一个岛国。

　　万山丛中的古镇，竟有两千多年的历史，自楚以来，十代土司王曾在此建基立业，数千斤纯铜所铸的"溪州铜柱"便是一个明证。镇中有数十处亭、寺、观、庵，石雕砖刻及古联古字随处可见，古镇成了一个旅游佳地。

　　每日里来寻奇觅胜的人很多，先到湘西首府吉首，再乘火车或坐汽车，在一个叫罗依溪的地方下车，然后乘机帆船到古镇，作二、三日的盘桓。

　　古镇因依山傍水，雾就特别多、特别浓，春末夏初尤甚。

　　旅游的人要归去时，在各家客店用过早餐，便三三两两聚到码头上来，等着乘机帆船去罗依溪。正是五月伊始，雾浓浓地罩着湖面，也罩着码头，人与人之间，虽只隔一二米，面目也显得模糊。回首看镇子，全裹在雾中，什么也看不见。

　　机帆船懒懒地靠在码头边，据船家讲，雾不散，船是不敢开的。什么时候会散雾呢？只有天知道。好在火车到站是中午，所以不必着急，于是大家或坐或立在码头上耐心等待。

结伴来的,倒还可以东扯西拉地闲聊,于无聊的话题中寻找一点乐趣。若是独行而来的,这寂寞就难耐了。蹲着的,坐着的,立着的,忽然都动了起来,好像同时通了电流,开始互相靠拢,然后在一句两句极合时宜的寒暄后,彼此找到似熟非熟的面孔与有意思的话题。

老吴搔了搔头上的白发,在人丛里穿行。几十年忙忙碌碌,在文件与会议里打滚,总算退居二线了。新领导很关照他,说可以为他提供一笔旅游费,他就从株洲到这里来了。

忽然老吴的眼睛一亮,不远处居然站着他的一个熟人——老易!老易曾是厂党委办主任,性子犟,总喜欢和他拗,于是,他就把老易调走了。当然是有一个堂皇的借口:对口支援湘西大山里的一个国防工业大厂。二十多年过去了,他们一直没有见过面。乍一见,老吴有些犹豫,觉得很内疚,但不久心情即平静,过去的就过去了,趁着这难得见的一次,讲一讲知心话,道一道歉,也就心安。

"老易,老易,想不到在这里见到了你!"

老易听见有人呼喊,先是一楞,然后笑出一脸的激动,忙跑过来。

"老易,你忘记我了?我是老吴呀,你现在在哪里工作?"

"啊,是老吴?我先在一个工厂,后来去了一个县的政府综合科。哟,真有好些年没见面了。"

老吴心头一热,人家一点也没把往事记在心上,依旧是一副热心肠,也就更觉内疚。细看老易,老多了,只是这个蒜头鼻还和从前一样,肉嘟嘟的。有明显变化的是老易会讲很纯正的普通话了,记得他是湘乡人,湘乡话难听且难懂。

"老易,夫人还好吧?孩子该参加工作了?"

"嗯。嗯。"老易笑得很明亮。

"老易,以前真对不起你,你喜欢给我提意见,我就不舒服,那次把你调走,全是我的主意。"老吴真诚地说,额上的皱纹颤颤地写出许多歉意。

"老领导,还提过去干什么?这古镇有意思吧,这山,这水,这花,这草,这古寺,叫人看了会把一切的不愉快通通丢掉。有一副对联,是那个古书院门口的:'莫对青山谈世事,休将文字占时名。'写得真好。你退休了吧,我也快退了。宠辱皆忘,生活原本就这样,谁要为谁负责呢?"

"但个人毕竟有不可推卸的责任。"

"老领导,你身体还好吧?"

"好得很,吃得,睡得,玩得,这不,我一个人到这里来了。其实,我还可以干几年的,正处级,五十七岁就下来了。"

"我倒是想退下来,含饴弄孙,多好。"

俩人惬意地笑起来,笑得雾罩一晃一晃,笑得许多人都回过头来看他们。

老吴觉得打扰了别人,忙对四周抱歉地点点头,然后悄声说:"老易呀,我也有孙子了,上幼儿园的大班。可不知道为什么,儿子媳妇正风风火火闹离婚。我做过多少人的政治思想工作,就是对付不了儿子和儿媳。"

老易着急了,问:"小两口另有所爱?"

"我调查了,没有。"

"那不是吃饱了撑的?"老易有些愤愤不平起来。

"我找他们分别谈话,他们的口径竟如出一辙:我们性情不合、爱好相异。"

"这是屁话,胡适说婚姻就像脚与鞋子的关系,穿久了就会

合脚的。"

"我也是这么说的,他们在一起时间不短呀,难道还没有磨合好?他们还说得振振有词:就是因为时间长了才发现彼此的差异。"

老易长长地叹了一口气。

"老易,你好像也有心事?"

"我那女儿就让人焦心,穿要名牌,吃要美食,她不过就是个外企的普通管理人员,四千元的月薪经不得几下折腾就没有了。我那女婿也差不多,当了外贸局的小科长,口口声声要在生活上向西方靠拢。他们问我们要钱,问我的亲家要钱,咵,名副其实的'啃老族'。"

"你是出门自费散心来了?"

"五一节有假呵,我得自己享受一下。老婆她就舍不得,说要把钱省下来给女儿、女婿,硬是蠢到家了。"

"不说这些了,老易,我们说点有意思的。你好多年没去株洲了吧?"

"嗯。"

"现在大变样了哩,湘江风光带有'十景',神农城风景区有山有谷有一个很大的人工湖,又好看又好玩。"

"老吴,那个城市我没有什么印象了,请你给我细说,先过过'意游'的瘾。"

"好。"

……

雾罩的顶上亮出一点金黄,晕晕的,煞是好看。金黄的一点,变为一块,尔后是一大片,并且金黄中浸上淡红、橘红。太阳咬破了雾罩,拼命地挤到湖上来,湛蓝的湖水一刹那亮得耀眼,如同一块巨大的水晶玻璃,正中跌下一个浑圆的金红的火球,沸腾地跳得欢快。

雾,终于散去。

机帆船的马达轰轰隆隆响了起来,船家在高喊:"上船呵——上船呵——"

一切都变得清晰,混沌的世界凸出它应有的色彩和线条,连每个人的面目也变得明亮。

老吴突然发现老易的左眉中,有一颗很大的红痣。是先天就有的,当年看惯了这张脸,红痣是绝对没有的。

老易也发现在老吴左耳垂下面,有一块天生的黑疤,当年的老吴却没有,眼前的这个老吴是那个老吴吗?

老吴望了望老易,老易也望了望老吴,彼此的目光变得陌生。刚才他们怎么谈了这么久,谈得这么热烈,居然还谈到了彼此的隐私和家丑,言多必失,真是一点不假。之所以彼此错认,是姓的巧合?是雾的遮掩?还是中国人的经历过于相似?

老吴说:"该上船了。"

老易说:"是的,你年长,你先走。"

他们一前一后上了船,一个去了后舱,一个留在前舱。

汽笛长长地叫了一声,机帆船开动了。

紫鹊界

老摄影家关山越开着一台小车,沿宽敞平坦的山路,登上紫鹊界的山顶时,已是暮色四合了。

他从《新湘报》已退休七年,在职时是纯粹的摄影记者,丁点大的官衔都没有。退休后,当他自由自在的摄影家,因为在三十多年前他就是中国摄影家协会会员了。退休离岗那年,在一家大公司当总经理的儿子,送他一辆小车、一套高档摄影设备,笑着说:"爹,从长沙去紫鹊界,没有车不行;你要拍出好照片,没有好设备不行。"他拍拍儿子的肩,说:"知父莫如子,这礼物我收了!"

是呵,从长沙到新化县,车行四小时;从县城到远郊的紫鹊界,又得一小时。他是午饭后出发,到县城匆匆吃过晚饭,再奔紫鹊界而来的。

他跨着照相机,从车里走出来。秋风飒飒,稻香弥漫。放眼望去,远远近近,一层一层的不同形状的梯田,从山谷一直叠向山顶,最多的地方有五百多层。紫鹊界周围的梯田有八万多亩,一年只种一季稻。无法使用任何现代化的耕种设备,当然也不用农药、化肥,稻米的质地极佳,价格比其他稻米贵三倍以上。而且这里成了著名的旅游地,一年四季游人如织。

暮色由淡青变成深灰,等待收获的稻田呈现出厚重的暗金色,极有质感。弯弯曲曲的田埂抛掷出遒劲的线条,如蛟龙腾跃。天上出现了灿烂的星光,还有一弯月牙。散落在梯田各处的农舍,亮起了红红的灶火,亮起了橘黄色的电灯光。关山越忙打开照相机,不由得大声说:"这梅坳垅果然没说大话,他说你来拍紫鹊界夜景,一定会有收获,果然!"

话音刚落,不远处一座供游客歇脚的木头房子里,走出一个头扎长巾的汉子来,喊道:"关兄,我在此等候多时了。"

关山越一回头,惊喜地说:"梅兄,你怎么来了?"

"你公子打的电话,怕你有闪失哩。"

"你从谷中的八卦冲走来,几多费力,你比我还大三岁哩。"

"别哆嗦,你先拍照,我到木屋里去煮茶,等会儿我们再扯淡。"

"好。"

关山越第一次到紫鹊界来,是1975年秋,那年他正好三十岁。他是从工厂宣传科调到《新湘报》当摄影记者的,在此之前他只是一个搞新闻报道的业余通讯员,但拍过不少好照片登在报纸上。上任没两月,省里"农业学大寨"办公室的负责人找到他,说新化紫鹊界开垦的梯田比山西大寨的规模还要壮观,是个值得宣传的典型。于是他随陪同的人,在稻熟时节来到了紫鹊界。那时提倡采访作风的简朴,没有惊动当地任何人,花了几天时间拍了一大组照片回到省城。

这组照片以专版发出,大标题极醒目:"紫鹊界——农业学大寨的标杆。"接着组照又参加了全国摄影大展。

关山越成了摄影界升起的耀眼新星,成了报社的骨干摄影记者。

有一天,关山越正在编辑部开会。

忽然有人告诉他,有个来自紫鹊界的农民,在门外有事找他。他赶忙出来,站在面前的是个陌生人,三十出头,但显得老

气、青裤、白短褂,赤脚套一双草鞋,头扎一条长巾,粗眉、大眼、阔嘴。

"我叫梅坳垯,是专门到省城来找关老师的,能不能找个安静的地方说话?"

"在这里说吧。"

"不。"梅坳垯摇头。

关山越只好把他领到摄影工作室。

梅坳垯顺手把门关了。

"关老师,别沏茶,我说完就走。"

"哦?"关山越觉得很蹊跷。

"紫鹊界的梯田,不是现在开垦的,是秦汉以前就开始了开垦,然后历朝历代越垦越多。之所以旱涝保收,是紫鹊界特殊的地理结构造成的,是天地的造化,与农业学大寨沾不上边。我读过一些古书和地质资料,抄录成一份材料,给你做参考。"

梅坳垯从一个印花布做的袋子里,掏出一叠材料纸,慎重地递给了关山越。

"你怎么不直接找报社领导说,或者向省里有关部门反映情况?"

梅坳垯说:"谁愿意听这种不合时宜的话?我只悄悄对你说就行了,因为你是个有才华的人,才华必须用在正处。好,我走了,也许……后会有期。"

望着梅坳垯远去的背影,他恍然若失。

这一夜,当关山越读完梅坳垯送他的这一叠资料后,他真的失眠了。关于梯田肇兴于秦汉之前,关于梯田历朝历代的开拓渐增;以及紫鹊界属于基岩裂隙孔隙水类型,地下水极丰富,成土母质为花岗岩风化物,岩体多节理、裂隙,疏松透水,从谷底到山顶都如此,故旱涝无碍,丰产年年……各种史料、地质信息尽列。他惊叹梅坳垅虽是个农民,却学富五车;同时又有仁心,若真的将此事揭穿,虽责任不在他,但他在报社就丢大面子了。如此神奇的紫鹊界,不能不让他梦绕神牵;素昧平生的梅坳垅,不能不令他视为知己。

在此后有的岁月里,他多少次到紫鹊界叩访、拍照,多少次与梅坳垅把酒临风、倾心交谈?真的说不清了。他一心一意要拍真实的、诡丽的紫鹊界,春、夏、秋、冬,雨、晴、风、雪。他拍紫鹊界永恒不变的梯田格局,拍紫鹊界与时俱进的姿仪:新的水稻品种的试验、旅游观光的奇妙景点、农家生活的日渐富足……

他对梅坳垅经常说的话是:"当年的失误使我与紫鹊界与梅兄结缘,我要用毕生精力来为紫鹊界正名,更是为开拓紫鹊界古往今来的农民树碑立传,直到我端不动照相机,奄奄一息为止。"

今晚又拍了多少好照片,进京的影展就差这几幅了,这个组照就叫:"星汉灿烂,若出其里。"句子出自曹操《观沧海》一诗中。

关山越听见梅坳垅打开木屋的门,走出来大声喊道:"关兄,水开了,茶沏好了,快来喝茶吧,是紫鹊界的'鹊舌毛尖'!"

"来了!来了!"

关山越想:喝完茶,要让梅坳垅站在梯田边,给他拍一张弱光肖像照,而且在影展上放置在第一张。

红豆相思图

　　这两个人，当然是一男一女，都快六十了，各自失偶已愈三年。他与她虽都供职于潇湘文理学院，却不同系，彼此几乎没有什么交道。兀地由双方儿女一撮合，很快就成了连理。没有起承转合的恋爱过程，只因小字辈既是中学、大学的同窗，又一起出国留学一起"海归"，交谊不错，劝说的理由也很简单："你们都爱好收藏红豆呵。"结婚的仪式就像走亲戚一样平常，双方的亲人及老友在一起高高兴兴吃个饭，新娘便住进了新郎那个幽静的院子里。

　　新郎叫庄种蕉，字听雨，名和字是其父起的，典出古诗"旋种芭蕉听雨声"。种蕉是美术系教国画的教授，同时又是闻名遐迩的画家。他酷好画蕉，或作主体，或作背景，下笔狂肆，色墨淋漓。成片的蕉林、单株的芭蕉，或只画一片、几片芭蕉叶，从中可体会出芭蕉春、夏、秋、冬的不同姿仪，故他有枚闲章刻的是"蕉客"二字。

　　祖传的这个庭院在湘潭城西，与湘江结邻，一院子沉沉碧绿，种的全是芭蕉。没事时，他清瘦的身影在蕉叶间飘动，是一幅极动人的画。

　　他喜欢收藏红豆，是因为小时候父亲课读唐人王维的《相思》一诗，给他留下太深太美的印象："愿君多采撷，此物最相思"。他用精致的小锦盒，装盛不同地域所产的红豆，广东、广西、海南、云南……或利用出差、写生的机会在当地选购,或是友人、学生殷勤赠予。他对赠予者必以芭蕉画作回报,这叫"投桃报李",皆大欢喜。

新娘叫竺卷帘,字待月,在中文系主讲历代诗词。她年轻时既是美人,又是才女,即便渐入老境,也是风韵犹在。她除出版学术著作多本,还有自印的只赠友人的旧体诗词《卷帘集》。她对于具有古典情调的帘子特别钟情,家中到处悬挂着帘子,窗帘、门帘、堂帘、廊帘,材质或竹或绸或布。她的诗词中,也常常写到帘子:"十二栏杆人寂寂,秋荫都上画帘来";"帘底翠鬟残烛梦,车前红叶夕阳诗";"最怜待月湘帘下,两袖松风椅微凉"……

她和前夫都是广州人,是二十年前调到湘地来的。自小父母就给她戴红豆做的手链和项链,于是便有了收藏红豆的癖好。她从不打麻将,但从唐人温庭筠"玲珑骰子安红豆。入骨相思知也无"的诗句中得到启发,选购小粒四方体羊脂玉,请首饰店的工匠把精选的红豆子镶嵌上去,成为她闲时的把玩之物。

"五·一"劳动节后,种蕉和卷帘开始了他们的"第二春"。

这个院子的格局不算小,有十几间青瓦青砖的房子,卧室、藏书室、画室、书房、客厅、餐厅、客房……一应俱全。院子里满是芭蕉,绿意森森。双方儿女都成了家,自有他们的住处,就剩下两个老人与之厮守。

两家的藏书归到了一室。种蕉说:"原先的横额为'蕉书阁',我看应改个名,你拟我写,行否?"

卷帘想了想,说:"叫'书鱼室'如何?啃书之虫古人谓之书鱼,你我便是。"

种蕉击掌叫"好"。

两人所藏之红豆,专辟一室放置。卷蕉说:"我刚拟了一个,

这处该你了。"

种蕉在橱架前边走边看,当看到那两颗嵌红豆的羊脂玉骰子时,灵思一动,说:"叫'玲珑相思馆'如何?取自温庭筠的那两句诗。"

卷帘脸上一热,含笑首肯。

他们结婚合影的放大相片,挂在"书鱼室"正面的墙上。

卧室的墙上呢,挂着两幅字画,一幅是种蕉数年前赠给发妻的,叫《蕉荫品茗图》,画的是一男一女坐蕉旁的几桌边品茶,人物很写实,一看便知是种蕉夫妇;另一幅是卷帘丈夫生前用行书所写她的一首五古:"君问卷帘人,红豆藏几许?相思无尽期,两心共今古。"他们彼此体谅对方的不忘旧情,觉得应该这样做。

种蕉和卷帘都是博导,要工作到六十五岁才能退休。种蕉无须一日三餐都在教工食堂吃了,他没想到卷帘是个烹饪高手。早餐的煲粥和点心,晚餐的几道荤、素菜,都做得非常可口。中午呢,两人在教工食堂用餐,由卷帘去点菜,安排得极周到。在家里吃过晚饭后,他们并肩在院中散散步,然后,一个去画室作画,一个去书房看书、撰稿,互不干扰。临近子夜时,准时回到卧室。

他们靠在床头,看着墙上的字画,聊些陈年旧事。

卷帘说:"你们在蕉荫下喝茶,都喝些什么茶呀?"

"我们喜欢喝绿茶,多是西湖龙井、黄山毛尖、湖南郴州'狗脑贡'这几种。"

"哦。"

"你先生的行书,写得真不错,他大概很喜欢习黄庭坚的字帖?"

"是呵。他说黄字顾盼生姿、摇曳多韵致,有创新,却又在规矩之中。"

"呵。我们该休息了。"

"行。"

于是他们一人一个被子,安安静静地进入梦乡。

日子过得快无声息,放暑假了。

双方的儿女兴致勃勃给他们办好了旅游手续,让他们随团去浙江一带的风景地游玩、休憩,为期半个月。因为他们带着结婚证,白天寻山访水,夜晚可以在同一个房间休息。洗浴过后,他们相依靠在床头聊天,谈诗谈画谈此行的种种细微感受。谈着谈着,种蕉忽然把卷帘揽到怀里,卷帘的头在种蕉胸前轻轻地拱动。

不知是谁的手把开关摁了一下,电灯熄了……

当他们旅游回来刚下火车,正好暮色四合。儿女们在车站口迎接他们,然后在一家大饭店的雅间为他们设宴洗尘,再用小车把他们送到家里。在一片欢笑声中,儿女们立即告辞走了。

种蕉说:"茶也不肯喝,说走就走了。怪!"

卷帘说:"这些小家伙,只怕有事瞒着我们。"

出行前,他们把一大串钥匙交给儿女们保管,现在回来了,钥匙又物归原主。他们一间房一间房地检查,发现几处墙上的装饰变动了位置。"书鱼室"正面墙上,他们的结婚照不见了,移到了餐厅的墙上。卧室墙上种蕉所做的《蕉荫品茗图》,移到了他画室的墙上;前夫赠卷帘的行书轴,则移到了她书房的墙上。

卧室的墙上呢?什么也没有了。

他们相互对视,什么也没有说,孩子们都替他们说了:旧情不忘,各藏自己的心底;新情肇始,应有其一个祥和的空间。

种蕉大声说:"此时,我要去画室画一张大画,红豆树上,结满累累红豆,再添一对绶带鸟,叫《红豆相思图》"。

"不可不配几片蕉叶,你不是自称'蕉客'吗?"

"再加一钩新月,因为你字'望月'。"

"种蕉,我要为此图作一首诗,再由你题写上去。"

"然后,挂在我们卧室的墙上。我去作画了,烦你在画案边开炉煮壶茶吧。"

"好。"

美髯公

美髯公关关恋爱了,马上要结婚了。

这消息在潭州美术学院如流感的传播,快疾而力度惊人。

关关是国画系的资深教授,年届五十,教本科生,也带硕士生。只是国画系还没有招博士生的先例,否则他定是博导无疑。教学之外,他又是著名的画家,花鸟、山水、人物都画,但最为人赞誉的是大写意花鸟画,山水和人物只是偶尔为之。

关关的名字是他上大学前自己改的,出自《诗经》的"关关雎鸠,在河之洲"。因为他当时和同座的女同学正在恋爱,以"窈窕淑女,君子好逑"而自矜,于是遂把父亲取的"关键"改为"关关"。高考他金榜题名,进入潭州美术学院,女同学考入外省的军校,军校是不倡导谈情说爱的,于是劳燕分飞,爱情的故事也就打上了句号。他在苦闷之余,开始蓄须明志,一门心思读书、画画,本科毕业再读硕士生,然后留校任教。

他和《三国演义》中的关云长一样,身材伟岸,面如重枣,下巴下飘着一把美髯，真的是很酷。不同的是关云长手中握的是青龙偃月刀，他手上握的是画笔。花鸟画走的是八大山人、吴昌硕的路子，墨下得狠，色给得足，造型奇拙，风神自见。他爱研读古典文学，也能写旧体诗词和新诗，题画的款识让人惊喜也让人沉思。他常用刘勰《文心雕龙》中这几句话自况："形在江海之上，心存魏阙之下，神思之谓也。"

国画系的不少老师，都对他敬而远之。他在课堂上的奇谈怪论，往往让别人再不好怎么开讲了。他认为学国画根本不需要学素描，需要的是书法根底，因为素描是造型，书法才是笔墨，国画的精髓就是笔墨功夫。他还说，西方人讲"形"，中国人讲"象"，"大象无形"是把"形"提升为形而上的"象"，故吴昌硕说"老缶画气不画形"。

在这个开放的年代，关关蓄长髯被称作美髯公也好，在学术上他独辟蹊径也罢，只要他不去干预政治，政治也就不去理会他。可是，他的怪模怪样和性情孤傲，爱情也避得远远，三十五岁了，还是一条光棍，"关关雎鸠"的唱和久久不至。

他网上的博客里，挂着他的文章、照片和画作，许多粉丝都热捧他。一位本地的大龄未婚女医生，有一天走进了他的画室，见面第一句话就是："你的长髯美到家了，你的画怪到家了，我喜欢！"

关关丢下画笔，跑过去，捧起她的脸就吻，胡须搔得她全身直晃抖。

很快他们就结婚了，但不到半年，又客客气气分了手，矛盾的焦点是这一把长髯。

大凡医生都有洁癖。吃饭时，汤水饭屑老沾在他的胡子上。在床上缱绻时，这散乱的胡须，老在她胸脯上撩来撩去，脏。

她劝他把这把讨厌的长髯剃去。

他说:"不可!关云长的老婆劝过他吗?他到死也是风流倜傥的美髯公。"

"趁着还没孩子,我们分开吧。"

"悉听尊便。"

一眨眼,过去了十五年。

美丽、娴静的研究生尹伊依,突然闯进了他尘封的心灵。

他年已半百,她芳年才二十五岁。

硕士三年,相处日长。但关关从未动过这个心思,教她课,教她画画,为她推荐作品发表,他视她只是学生,只是下一辈人。

尹伊依的毕业论文和作品,都是"优秀"。

这是个夏天的下午。

她说:"我要走了……回外省的父母家去。"

"好的。祝你一路平安。"

"你不想留我在你身边?"

"我没这个能力留你在系里任教。"

"非得要任教吗?"

"还能怎么着?"

她叹了口气,说:"我崇拜你,爱你,你一点都没察觉到吗?"

关关哑口无言。

"你怀疑吗?我可以把这三年的日记给你看……"她突然眼睛红了,小声地啜泣起来。

"我不用看,我相信。可我老了,而你太年轻了。"

"关关,你不老,只是老在这一把长髯上。你为了我不被父母指责,不为世人挑眼,你愿意剃掉它吗?"

"我……愿……意。"

"我陪你马上去理发馆好吗？"

"好的。不过,我想把剃下的长髯留存作个念想,你不会反对吧？"

"我答应。"

于是,他们一起去了校外的一家理发馆。理发师为关关剃胡须时,遵嘱把剃下的胡须放进一个小纸袋里,然后交给了关关。

黄昏时,他们在一家西餐馆共进晚餐。法国葡萄酒,法式牛排、猪排、俄式红肠、甜汤、面包,美式烤松鸡……雅间里灯光暗淡,桌上的烛台插着四支高烧的红烛。

尹伊依说:"关关,你很年轻呵,和我一样年轻。"

关关说:"你今晚的样子,就像杜甫诗中所描绘的:'香雾云鬟湿,清辉玉臂寒'。"

饭后,已是满城灯火

关关说:"我们去画室吧,我要为你画一张水墨肖像。"

尹伊依娇羞地问:"就画像吗？"

"还可以喝咖啡。"

"……"

关紧门窗、开着空调的画室里,灯火通明。关关先煮好一壶咖啡,两人品啜后,他再挥毫为尹伊依画水墨肖像。

远处响起隆隆的雷声,接着下起了大雨,雨点打在院子里的芭蕉叶上,响得很绿很脆。

"我怎么回宿舍呀？"当肖像画好,尹伊依悄声问关关。

关关说:"就睡在这里吧,小房间里有床。"

"我累了,我想睡了。"

关关扶着娇懒无力的尹伊依,在床上躺下。然后,自己也在她的身边和衣而睡。这场景很美,他不想也不会去破毁。

风平浪静,什么事也没有发生。

尹伊依想:关关怎么会这样?是不是有病呵……

天稍亮,趁关关还在梦中,她起了床,留下一张纸条,蹑手蹑脚地走了。

这一走,就再也没有回来。

过了一些日子,关关拿着剃下的胡须,去了一家笔坊,让他们精心做几支大提笔,价钱多少他不管。他要用这样的笔,和其他品类的笔,去写字作画,慰藉孤寂的心灵。

他决定重新蓄须,用长长的岁月蓄起长长的须。

训 诂

湘楚大学中文系的高望海教授,已经八十有四了,虽华发盈顶,却身犹健,思犹敏,退休多年依旧可著述,可应邀为老师、学生开讲座。他常对只比他小两岁的老妻说:"廉颇老矣,尚能饭否? 能! 三顿饭,一顿也不少吃。"

他三十岁时,已是江南大学颇具实力的教授了。他曾是著名国学大师陈寒山的入室弟子,走的是经学一途。不过他更多的兴趣在于疏证,尤重章句训诂。这是老师据其博览群书、记性特好且善于思辨的特点,而为他指点的路径,此后果然他连连奏捷,令学术界刮目相看。

可惜在 20 世纪 50 年代末,寒山年老思故乡,从湖南湘潭调到上海一所大学去了。师恩难忘,每月他必致信两封,殷勤问候,请教疑难,有如分手前的每月两次登门请安问教。

他家的书斋门边,挂的永远是一副自撰自书的对联:"斯是陋室,臣本布衣。"上联摘自唐代刘禹锡的《陋室铭》,下联出自三国时诸葛亮的《出师表》。"文革"中,当然被红卫兵小将揭撕,严令不得再挂。但一旦世道清明,便又恢复原貌。"布衣"者,因他从没任过任何官职,是真正的"无官一身轻"。

他不嗜酒,也不好茶,却喜欢吸烟,而且只吸烟斗。除上课、吃饭、睡觉之外,嘴里总叼着烟斗,吸得津津有味。即便洗脸也是如此,擦左边脸时把烟斗歪向右唇角,擦右边脸时把烟斗推向左唇角。老伴笑他是世上少有的"烟霞客",他连连点头称"是"。

此生他参与笔战多矣,且都奏凯而归。

有学者撰文考证《招魂》的作者不是屈原而是宋玉,他叼着烟嘴对同事说:"笑话,这学问是怎么做的?亵渎先贤!"

他不从文学的语意去解读,而是从经学的角度去疏证。先举司马迁在屈原传论中所言"读《离骚》《天问》《招魂》《哀郢》悲其志",再列明代黄维章及清代林之铭、蒋骥、张裕钊、吴汝纶诸家的论证,然后又从文本入手,考证"象设君室"、"酎饮尽欢,乐先故些"等诗句所指的环境、气氛,与宋玉身世完全无涉,而与屈原则切切相符,结论也就顺理成章,《招魂》自出屈原之手无疑。

有人撰文考证《易经》中的"咸"卦,是中国最古老的描写性交的文字。他正好读完文章、吸完一袋烟,往地上磕烟灰时,用力过猛,把烟斗敲裂。"连文字都没看懂,就敢胡言,我要为学问一哭。"

他立马动笔写反驳文章,论析"咸其拇","咸其腓","咸其股,执其随","咸其脢","咸其辅颊舌",分明是性交前的性戏耍,不是性交过程。"咸"者,感也、动也。

……

好友赠他一副隶书对联,赞许他的广闻博识、考据精审:"黄卷青灯如悟道;寻章摘句岂雕虫。"

他说:"这是鞭策,我收着,可不敢挂在墙上,那是张扬。正如先父给我取的名与字:'望海'、'一粟',我自知不过是沧海一粟,渺小得很呵。"

1964年秋,刚开学不久,高全海得知寒山老师重病卧床在家,便向系领导请了十天假,把课程调换好,匆匆赶往上海的老师家。老师已近七十,无一儿半女,师母身体也不好。这十天,他为老师煎药、喂药,挽扶老师去大、小便,殷勤如子。

假期快完,高望海该回去了,他说:"我要去贵校的中文系,请他们派个人手来。"

老师摇头,说:"千万去不得,不但你会遭受白眼,我也会受到批评,知识分子得夹起尾巴做人。"

高望海眼圈红了,说:"《巴比伦犹太教法典》云:'一个学者胜过一个以色列国王,因为一个学者死了,没有人可以替代他;而如果一个国王死了,所有的以色列人都是合格的人选。'这才是至理名言!"

老师微微闭目,再不说话。

高望海回到江南大学的家中,悲伤地写了一首《沪上侍尊师》的七绝:"不是寻秋十日游,师门侍药捧杯瓯。床边断续殷殷语,道尽学人万叠愁。"

文化大革命风潮顿起,江南大学是老校、名校,名、老教授也多,于是一个个难逃厄运,批判会上"亮相",大字报上点名,抄家、挂黑牌子、戴高帽子成了寻常待遇。

一群红卫兵闯进高望海的书房,要把书全部抄走。高望海叨着烟斗,冷冷地坐在客厅的木靠椅上,大声说:"书都抄走,无妨。我还有同等的一份,在我腹中,你们能抄走吗?"

待书全部搬走,书房空空如也。他奔进去,目光如炬,仰天狂笑不止。

关于高望海的大字报越来越多了,是系里的青年教师指导红卫兵小将写的,用的是高望海疏证的方法,这叫"即以其人之道,还治其人之身"。

他的姓名高望海和字一粟,被说成是登高山而望大海,大海中的一粟便是蒋介石盘踞的台湾岛,是表示高望海期盼蒋家王朝重返大陆。

他写的那首七绝,是臭知识分子的惺惺相惜,末句"道尽学人万叠愁"是发泄对社会主义祖国和党的不满,到处"莺歌燕舞",工农兵高兴,只有敌人发愁。

这哪里是疏证?是污蔑,是无中生有、黑白颠倒!

在批判会上,红卫兵强按他的头,手一松,他的头又昂了起来;问他可承认有罪?他答:"何罪之有!"

他成了资产阶级"臭老九"中的死硬派。只有一件事他没法坚持,那就是在批斗会上嘴叼烟斗。因为叼一个,被没收一个,家里只剩下最后一个了。那年月,烟斗不好买,他得留下最后一个在家里吸烟。

扫厕所、扫校园、下放五·七干校作田种菜。等到再返回江南大学,"文革"也寿终正寝了。然后是教课、撰书、退隐林下。

岁月更替,弹指一挥间啊。

老伴说:"别再去寻章摘句了,好好颐养天年吧。"

高望海说:"六月的杉木定了性,积习难改!"

中文系有感于青年人在学问上的急功近利,心目中只有职

称的神圣,而不肯下功夫做出真正的学问来。于是,邀请高望海等一干退休的教授,轮番开讲座,传道、授业、解惑。

高望海讲的是"经学疏证的前世今生"。开场白很有意思:"诸君要成学问上的巨擘,必卧薪尝胆。现在有些人,不想'尝胆',只图'卧薪'。'薪'者,不是柴草,而是每月照领的高工资,所谓高薪阶层也。"

底下传出轻轻地笑声。

有人悄悄地说:"高老又开始训诂了。"

王明夫

五十多岁的王明夫,一点都不显老。

面目白净,无皱无褶,眼睛黑白分明,亮得很有神采。身材呢,高高挑挑,哪个地方都没有多余的赘肉。说话的声音真好听,不管是长沙话(他是长沙人)还是普通话,浑厚而有膛音,透现出一种"唱"的意味。

他一直供职于株洲市歌舞剧团（现在叫株洲市艺术剧院）,是唱美声的歌唱演员,演过很多歌剧,更多的时候是登台独唱。他的头衔不少:演员、剧院负责人、市音乐家协会主席;还是教钢琴、声乐的老师。

唱美声的,一般不喝酒,也不吃辣椒、蒜、姜、葱等有刺激的食物,为的是保护嗓子。可明夫在饮食上百无禁忌,特别是对酒情有独钟,喝得痛快且有海量。酒不但不伤嗓子,还会使声音更亮更有磁力,这使他的同行很是艳羡。

　　他说他读中学时,就喜欢喝酒了。他的父亲是个真正的酒人,还善于烹饪佐酒的菜肴。当父亲不在家时,他会拧开酒瓶盖悄悄喝一小口,既不让父亲觉察,自己又小过一下酒瘾。等到他当上演员,在后台他会放上一大杯酒,上台和下台都要灌几口。特别是睡觉前,他必一口气灌下二、三两白酒,倒下去便睡得踏实。

　　我问他怎么有这个习惯?他说:"演员的工作很辛苦,特别是剧团到外地演出,有时一个地方只演一、两场,演完了要当晚拆台、装箱,然后在一个陌生的地方睡觉,挤在大地铺上,到处是响动,各种气味熏人,明天还得赶场子,不赶快入睡不行,酒是最好的催眠药呵。"

　　几十年来,因我们都住在同一个城市,因文艺界的各种会议便会常常碰面,开完会一般都有酒宴招待。明夫可以喝白酒,也可以白酒、红酒间杂着喝,喝得干脆利落,量也大,遗憾的是,没有听过他酒后高歌。我当然也看过他不少精彩的演出,但是不是喝了酒再登的台,因没有亲眼看见,也就只能存疑。

　　壬辰冬,株洲市工商联在宁乡灰汤的紫龙湾国际大酒店,召开企业家联谊会议,并为被聘为顾问的文艺家颁发证书。顾问除明夫之外,还有周伟钊、刘国泉、施杰荣、楚石、我等人。那一天正好立冬,紫龙湾四面青山伫立在密如珠帘的细雨中,到处飘袅着白色的雾气,天气很冷,会议室已开启了空调。下午三点正式开会,会议时间很短。接着是明夫讲课,题目为《漫谈声乐艺术》。他的普通话很流利,把声乐艺术说得深入浅出,还夹杂着不少幽默的话语,掌声和笑声此起彼伏。他讲到"艺术"时,开了个玩笑:"什么是艺术呢?谈爱是艺术,结婚是技术,离婚是算术。因为谈

爱,要甜言蜜语,不能粗言野语;必须有好心境,要能控制自己的行为举止,要有想象,要揣测对方的心思。唱歌呢,与此同理。"他让自告奋勇的几个男、女企业家,上台来唱歌,再一一加以评论和指导,这是实实在在的耳提面命。我发现明夫为人厚道,往往先是表扬,,再稍加点拨,还补充说只要坚持练下去,肯定会成为歌唱家的!

当天色渐渐暗下来时,,在窗外细细碎碎的雨声中,我们走进了宴会厅。满桌佳肴,还备有白酒、红酒。我们正好同桌,彼此不断地敬酒,气氛十分热闹。不断地有人端杯来到明夫的座位前,谢谢他的讲课,口口声声要当他的学生。明夫脸带酡红,声音洪亮,把酒痛痛快快地干了下去。不知谁大声建议,请他登台演唱,于是掌声发疯地响起来。我也很高兴,可以真正领略他酒后放歌的风采了。

明夫很爽快地站起来,飞快地上了宴会厅前面的小舞台,接过了小巧的话筒。当音乐响起,他先唱《夕阳红》。喝了酒的嗓子,明亮、厚重、华美多姿,真好。一个个被酒浸染过的音符,飘舞在我们的身前身后,似可闻到醇酒的芬芳!一曲刚罢,掌声、呼喊声又起,明夫激情洋溢,再唱了两曲:《白玫瑰》、《月儿圆》。

唐代张旭乘醉写草书谓之狂草,明夫唱歌亦有此风,我算是大开眼界了。

当明夫回到席上,我说:"兄之饮后高歌,引发我的诗兴,口占了两首七绝,回去后再书之以赠,如何?"

明夫说:"谢谢。"

我说:"诗题为:《壬辰冬听著名歌唱家王明夫饮后高歌》,其一:霏霏寒雨雾盈湾,夜宴灯红酒绿间。停杯君且歌三阕,声醉琼楼四面山。其二:酒入歌喉声更宏,滩头波激听吟龙。绕梁三日余音在，无限绮华细检评。"

宴会后，我们又回到住室里聊天。临睡前，明夫拿出早买好的二两装的"二锅头"酒，咕咚咚一口灌下，说："今晚又可好好睡一觉了，真美！"

李太白

我认识的这个李太白，当然不是唐朝的那个大诗人李太白。他供职于株洲的一家"中普防雷科技有限公司"，不是搞防雷设备研发的工程师，不是高层和中层的管理干部，不是车间的技术工人，而是专为公司领导们开小车的司机。

李太白今年三十四岁，长得高大健硕，体重在一百八十斤上下，往人前一站，威武雄壮。他喜欢蓄平头，脸上总带着近乎童贞的笑意。一年四季他爱穿部队特种兵的服装，只是没有徽章，现在的军品商店都有出售。因为他参过军，而且当的是特种兵，开车、格斗、打枪都有扎实的基本功。头头们让他开车，其一是他做事认真、细致，而且技术好，其二他是合格的保镖。

李太白的老家在株洲的乡下，他父亲为他取这个名字，应是希望李家出一个满腹才情的人物。但他虽没有成为一个诗人，却对文化人十分尊敬。公司的几位老总与文艺界的人交往密切，我们也就认识了李太白。在书画家施杰荣的画室"牧堂"，他会主动去押纸、磨墨，然后聚精会神地看施先生写字、画画。他得知我出版了新书，也会恳请送他一本，以便在闲时阅读。他喜欢吃肉，一

次吃一、两大海碗,可以如风卷残云。和唐朝李太白最为相似的是喝酒,不是一口一口地小呷,而是可以一碗一碗地干下去,速度快,酒量大,"人生得意须尽欢,莫使金尊空对月。"他放开来痛饮时,一是开车到达目的地了,头头们慰问他的辛劳;二是头头们款待客户时,碰到对方有喝酒的高人,他奉命去拼酒,搞得主客俱欢。

　　公司因发货新疆的僻远区域,是当地来的司机和大货车,必须派出一个陪同司机兼带押车的人。长路漫漫,什么情况都可能发生,车上货值百万,而且只一个押车者!公司领导想来想去,只有李太白是最佳人选。正是夏天,李太白身着特种兵的服装,衣上、裤上有不少的口袋,连衣袖上、膝盖上都有口袋,放着香烟、打火机、电话本、手机、钱包、槟榔等物,当然还有小刀,可以削水果,也可以防身。换洗衣服、日用物件,放在一个迷彩大行李包里。他把行李包往车上一丢,一屁股坐到司机旁边,说:"我们有缘,一路同行,请费心费力。"司机看他这一身打扮,问:"你当过特种兵?"他笑一笑,说:"当过。我可以空手打翻好几个壮汉。即便是一把水果刀,拿在我手里也是最好的武器!"

　　一路上晓行夜宿,李太白克制自己不喝酒,只大块吃肉、大碗吃饭。在行车途中,只抽烟,只嚼槟榔,不说闲话。

　　他安安稳稳地完成了押车任务,回到株洲,这才好好地喝了一顿酒。

　　去年初夏和今年夏末,公司负责人黄传泉邀我与施杰荣去访安徽,由李太白驾车前往。每次都在一周左右,朝夕相处,对李太白有了更多的了解。

　　在旅途中,每次出发前,他都会提上我们的行李,说他先去把车发动,开好空调。待我们在宾馆喝过茶,办好手续,再上车时,车里清凉如许,再无半丝燥热。路途中吃午饭,我们喝酒,他决不端杯,因为喝酒一怕被警察盯住,二怕出交通事故,老婆、孩子在家等着他哩。黄传泉见他喉结上下蠕动,那是在呼吸桌上飘袅的酒气,便说:"太白,你喝酒吧。我来替你开车,我可以不喝。"李太白摇摇头,再摇摇头,从喉咙里艰难地吐出一个字:"不!"只有黄昏时下榻宾馆,用晚餐时,他才开怀痛饮。晚上我们喝茶聊天,他是不参加的,到自己的房里去打开电脑,先在网上打一阵"跑蝴子"纸页牌,再津津有味地读网上的小说。

大概他太喜欢吃肉,体量偏胖。去年登黄山时,气喘吁吁,走得有些吃力。施杰荣笑说:"唐朝的李太白有《行路难》一诗,你再不减肥,将来如何'欲渡黄河冰塞川,将登太行雪暗天'呵。"

李太白脸蓦地红了。

今年我们再登天柱山,李太白行走快疾,总是把我们抛下一段路,然后坐在路边等我们。他说去年下黄山后控制饮食,现在体重只有一百七十斤了,计划再减到一百六十斤。

我们鼓励他将减肥进行到底。

在登临天柱山之前,我们下榻潜山县的五星级"舒州国际大酒店",一人一间。也不知何故,居然电视无讯号,电脑总是掉线。我们几个倒无所谓,喝茶、聊天,然后早早入睡。第二天一早,李太白眼皮发青,满脸愤懑,大声说:"昨晚睡一会又起床,开电视和电脑,伦敦的奥运会看不到,'跑蝴子'牌玩不成,网上的小说也没法读。只好上床去睡,过一阵再起来,折腾得我够呛。操!"

黄传泉说:"不住这里了,换一家如何?"

李太白笑了,大声说:"好咧!重要的是有电脑。"

于是,我们开着车一家一家去问,黄传泉还亲自到房间里去看。此地电视有讯号的宾馆不少,但都无电脑。看着李太白失魂

落魄的样子,黄传泉很心痛,又再给"舒州国际大酒店"打电话询问,对方回答:"今日会修好电视和电脑的线路,晚上肯定一切如愿。"

黄传泉问:"好马也吃回头草?"

李太白高兴得手舞足蹈,说:"当然吃!那个小说的'且听下回分解',今晚可看到结果了。真让我开心。"

我们从天柱山游玩后,傍晚时又住进了"舒州国际大酒店"。

晚饭后,李太白进了他的单间,就再也没有出来过……

兵 姐

我们都叫她"兵姐"。

其实,她并不姓"兵",只因她的夫君是个扛枪的,在云南边防守哨卡子,所以我们都这样叫她。

"兵姐"姓傅,名巧华,今年二十四岁,高高挑挑的个子,辫子很长——眼下年轻的姑娘或者短发,或者长发披肩,但"兵姐"却蓄上了辫子。问她为什么,她恬静地一笑:"我不喜欢和别人一样。"

我们这爿小理发店,八个女同胞,另加一位男经理。他年纪二十八,个子矮矮的,大脸盘,生得最有趣的是鼻子,又长又肥,正如相书上说的是"鼻如悬胆"。她很喜欢"兵姐"。"兵姐"还没有和"兵哥"牵上线之前,没事他老在她身边转,一口一个"巧华"。他姓毕,"毕"与"鼻"谐音,我们背地里叫他"鼻老大"。

"鼻老大"脑瓜子很灵,打从报上登出边防战士和越境武装毒贩英勇作战的消息后,他忽然开了一个会,号召我们给战士寄自己绣的花手帕。他收获了一份荣誉,市报以显著位置刊登了我们"时代理发店"的消息报道;也收获了一份苦恼,巧华姐和前线的一个"兵哥"接上了关系,书来信往谈得很热乎。

那一天夜晚,顾客都走了,我们开始审问巧华姐。

"那个'兵哥'叫什么名字？"

"姓马,名豪风。"

"多少岁啦？"

"二十九岁。"

"他老家是哪里？"

"本市的乡下。还要问吗？"

从此我们便叫她"兵姐"。

终于有一天,"兵哥"来完婚了。

他们还买不起房子,"兵姐"和我们住的是一间大单人宿舍。我忽然想起理发店楼上有一间放杂物的空房子,就去找"鼻老大"说。

他要理不理:"不行,工作间怎能住人？"

"那是一间空房子,不是工作间。"

"反正不行。"

我一拍桌子。吼起来:"好你个'鼻老大',你要报私仇,巧华不喜欢你,你就来这一手！"

"鼻老大"立马蔫蔫的,有气无力地说:"算了算了,我同意还不行？"

"兵姐"结婚的那一夜,理发店休业了,里里外外张灯结彩,闹了大半宿,我们才嘻嘻哈哈地回家去。

"鼻老大"没有来。

三天后,"兵姐"就拿起了推剪。

"兵哥"不怎么爱说话,就待在店子里。

他很想和"鼻老大"聊天,也喜欢看"鼻老大"如何上药水,如何卷头发,如何电烫,看得如醉如痴。

"鼻老大"有时不耐烦地说:"喂,莫碍事,离远一点。"

"兵哥"憨厚地笑笑:"对不起。"退后一步,继续看"鼻老大"做发型。

日子过得真快,二十天了。

店子里来了一封加急电报,是打给"兵哥"的,叫他立即归队,有紧急任务。

整个店子一下子肃敛清静。

"兵姐"正替一个老人刮光头,手开始抖动。我赶忙走过去,接过她的刀子,说:"你去楼上歇歇,我来。"

"兵姐"和"兵哥"上楼去了。当我替老人把头剃好、洗好,收了款,"兵姐"和"兵哥"又下来了。

"兵哥"坐到理发椅上。

"兵姐"要给他理发。

电推剪插上了插头,"哒哒哒"地叫起来。这时店子里很空,几乎没有什么顾客。黄昏了,夕阳从窗口透进来,嫣红如血。

一片片的黑发跌落下来。推一剪,"兵姐"用手往剩下的头发上抓一抓、捏一捏。

"豪风,我给你理短些,好吗?你不是说,有一次,你们和坏人遭遇了,绞在一起格斗,有个小战士头发蓄得长,被敌人揪下一大把来……"

"兵哥"默默地点头。

我们眼里忽地盈满了泪水,"兵姐"真是个好女人、一个好妻子。

"兵姐"终于给"兵哥"理完了发。

洗脸架上,"鼻老大"手忙脚乱地搁上一大盆热水,泡上了一条新毛巾,摆好了香皂。

"兵姐"对"鼻老大"感激地一笑。

洗完了头,"兵姐"从口袋里掏出五块钱,交到"鼻老大"手上。

"巧华,我不能收,不能收。"

"毕经理,收下吧,公事公办。"

"鼻老大"只好收下。

第二天,"兵哥"走了。

"兵姐"的脸渐渐地苍白起来,不想吃东西,吃了就呕。

又过了三个月。

部队来了一个电报,请"兵姐"到部队去有事相商。

"兵姐"接电报的当晚,就收拾好简单的行李,去了火车站。

半个月后,"兵姐"回来了。

那正是我们快下班的时候,夜色很深了,小店里的灯惨白惨白的。

"兵姐"一步一步走进小店,然后瘫坐在理发椅上,一个人放声哭起来。我们没有去劝她。

"鼻老大"擅自打了个报告给服务公司,请求将"时代理发店"改名为"豪风理发店"。

新招牌挂起几个月后,"兵姐"的孩子生下来了,是一个胖小子。"刚出娘肚子,他就叫得欢,好像吹军号一样。""兵姐"幸福地对我们说。

"叫什么名字？"

"你们给起个吧，这么多有文化的阿姨。"

"鼻老大"想了一个，叫"志戎"。

"兵姐"一笑："志在戎伍保国土，好听得很，谢谢你，毕经理。"

"不谢，小宝宝，叫我，叫毕叔叔。"

小宝宝只是一笑，他还不会说话哩。

店子的一角多了一张小摇床，志戎就躺在里面，这么多阿姨，外加一个叔叔，谁有空谁过去摇他或抱他。

志戎一岁了。

"兵姐"有一天悄悄对我说："有人替我介绍了一个对象。"

"做什么的？"

"在前线扛枪，他的妻子两年前得病死了。他的样子很像豪风。"

"又找一个当兵的？"

"我不是叫'兵姐'吗？"

"毕经理对你还有意哩。"

"兵姐"不说话，只是久久地望着我，望得我一张脸发红发热。

志戎忽然啼哭起来。

我忙跑过去，轻轻地摇起摇床来，一边摇，一边轻轻地哼：

"小船儿，轻轻摇，

一摇摇到外婆桥，

我要吃年糕……"

真的，新年快到了哩。

外婆来接我，

潜到水深处

他确实是在一个极透明的空间飞翔,身子变得轻盈,所有的重压猛地失去,在最初一瞬的不适应后,终于知道他已经自由自在。他很想呼喊几声,却不允许,故而有些遗憾。

他急速地向水库底潜去。

这是一个极大的水库,方圆一百多里,是天然的又是人工的。原先这里是条大峡谷,因下游修电站,筑起一座高坝,水位便匆匆上升。他们家的那个小村子(当然还有其他的村子),便沉在了水底。那时他才上高中,日子打飞脚似的逝去,毕业了,当上了潜水员,此后又是结婚,由爱而结晶出一个孩子。孩子会叫爸爸了,叫得甜甜蜜蜜的。可他越来越不喜欢她,她在潜水队当一名会计。她总是管着他,常跑到潜水的地方,看他和那些为他准备潜水装束的姑娘说没说话,回到家里还没完没了地盘问。真受不了。

"二壮,你是个憨实人,我怕那些轻薄的东西来勾引你。"

"哪能呢。"

"还是让我多操操心。"

他就在她的"操心"下,很不情愿地过日子。他不想在陆地上呆,一下水他就活了,潜到水深处,谁也管不到他。

水是温柔的、平静的,透出一派舒适的蓝,蓝了他的整个心眼。

今天他更惬意。就因他曾住过的村子石桥前,有一对汉代雕琢的石狮子,文物部门要把他们弄上去。

他的任务是去探测它们的位置,估量一下怎么把它们拴住,然后再进行打捞。

输氧的皮管直往下放。

他竟以这一奇特的方式回到乡土,他庆幸他当的是潜水员。当初他想当飞行员,幸亏没有当成,飞机不可能下水去。

终于,他飘到了村子口,双脚触到了泥土,很稠很稠的乡情从心底搅起。他向水上报告:我已经到达村口。

水底并不是那么幽暗,准确地说,是有点儿朦胧。因朦胧,一切才这么美。

他来到石桥边,石狮子一边踞立一个,憨憨地笑,拨一拨口里的石珠子,还可听见叮叮当当的脆响,他读过一些关于汉代石雕艺术的文章,知道它的粗犷与雄浑,与当时整个社会开疆拓土的宏大气魄达成一种和谐。但触摸石狮子身上遒劲的线条,体会那蓄满力量的筋肉的质感。石狮子搁在一个石座上,只要用钢缆拴住,用电绞车一绞,就上去了,一切就那么简单。

他轻盈地走过小石桥。

前面有人在唤他,一点也不假,是有人在唤他,是一个极清亮极娇嫩的童音。

"二壮哥,石榴花开了,快来呀。"

是娟子!

影影绰绰,似有似无,前面闪着一个娇小的身影。

红红的石榴花是该开了。开在一个小小的院子里,三尺来高的青石围墙,护卫着他们童年的乐园。

那是娟子家。当年他和她打邻居。

他往手心吐一口唾沫,嗖嗖嗖,几下就攀到了树上,摘下一朵最红最鲜的石榴花,用口叼着,滑下树来。

"二壮哥,给我戴。"

"你又不是新娘。"

"我是新娘。"

他嘻嘻地笑了,用手指"羞"她,然后将花插到她的鬓角,那花使娟子变得更美更动人。她脸一红。

停了一阵,便拉着他的手,朝村后的树林子跑去……

他走到了青石围住的小院边。

他觉得有些难受,水底的压力太大了,头有些微晕,便把半截身子伏在院墙上,院中依旧立着那棵石榴树,没有叶子,也没有红花,光秃秃地朝上耸着。那个娇小的身影不见了,好听的童音也消逝了,他惘然若失。

他的眼睛忽被什么蒙住,是一双小小的手,白白的,嫩嫩的,软软的,一点也不痛。

"二壮哥,你猜我是谁?"

他故意猜不出,说出一连串与她不相干的名字。

她生气了,脸一扭,呜呜地哭了。

他用手给她抹去泪水。"我早猜出来了,是逗你的。"

"真的吗?"

"嗯。"

她笑了。笑得眼泪一颤一颤往下掉。

一眨眼,什么也没有了。真怪。

还是看石榴树吧,它似乎有了碧绿的叶子,火苗似的花。真美。

可惜她不能下水来,要是来看看,说不定能找回许多珍贵的

东西。

即便能来，她也不会想来。

"明天，我下水去，看那石榴树还在不在？"

"没意思。石榴树有什么看头。"

可当初搬迁时，她抱着石榴树哭，怎么也不肯走。

她忘记石榴树了。他可没忘记，那花在他心里开着，怎么也不会谢。

童年好美好美，可为什么童年的心境就不能保存到永久呢？人一长大，就再不单纯，再不天真。也许生活太复杂了，人不复杂就没法生存。这次调工资他没弄上，不是他表现不好，而是他太老实。为这事，娟子数落过他多少次。

她倒是个强者，平平稳稳地坐在财会室，调上了，有人想抹去她这一级，一到吃中饭、晚饭时，她把人家干部堵在家里，又是骂又是哭，还说升不上她就自杀，先把遗书寄到《人民日报》去。她升上了，回到家里便取笑他："好样的，我的活雷锋！"

他受不了她这个，可拿她没办法。

他记起他们常唱的一支童谣，曲调从心深处复苏了，袅袅地飘，霎时便漫满了这个院子，漫满了这水下的世界。

"石榴花，石榴花，
告诉我一句话：
结实的时候想着她，
开花的时候想着她……"

水上有人严厉地说："你唱什么歌，注意安全，快上来，时间太长了。"

他一惊,才知漏了嘴,送话器把歌声送到水上去了,便沉默。时间也确实太长了,该浮上去了。每次潜水,娟子必定在岸上等,她害怕当寡妇,不是为了他,是为了她自己。

他发现在水下也并不自由。他真想多待一会,看看菜园子,看看树林子,看看打谷场。可不能再呆了,待久了"氮麻醉"的滋味更难受。水压得周身骨节痛,上岸后,脱下潜水服,里面绒线衣上的纹理,会压印在皮肉上,要过两三小时后才会消失。

可心上的印痕呢?

其实要觉得生活真没意思,只要把氧气管扯掉,马上就完了。他还真没这个勇气,他不能让孩子没有父亲。而且上岸后,娟子准会给他炒两个菜,斟上一小盅酒,让他好好享受一下。

上面又在催促他了。

他深情地看了一下高耸着石榴树的院子,叹了口气,往上飘去。

不管怎么样,今天晚上,他要跟她讲一讲石榴树。

记忆中的石榴树并没有死,它还长着绿叶,开着红花哩。

圣诞狂欢夜

"咔啦。"车门懒洋洋地关上了。他长长地舒了一口气,总算赶上了子夜的最后一班车。刚才那一阵紧跑,累得他像散了骨架,毕竟是四十岁的人了,上了一个白班,又加了一个夜班,那是工资外的收入:五十元。今天是圣诞节,又称狂欢夜,中国人如今

对洋人的节很在意,可他毕竟不是年轻人了,想的还是赚钱,老板一声呼唤,他就白班、晚班连轴转。他供职的物流公司埋在一大片四合院的后面,一条漆黑的小巷通向那儿。他刚才跑过那条小巷,又黑又寂寞,孤零零的一个人,居然觉得有些怕。他觉得夜晚很沉重,也很疲劳。

总算赶上了车,谢天谢地。车里很空,他随便找个位子坐下。

一排排路灯闪过去,闪过去,刺痛他的瞳孔。于是,他轻轻地把眼睛闭上了,想打个盹。

圣诞狂欢夜,他就是这么度过的。淌了一身臭汗,扛了上百包货物。和他一起干的,大多是五十岁左右的老师傅,就算他年轻。"我们老了,没兴致玩了,回去早了,烦。可你年轻。"同事对他说。他淡然一笑:"我也快老了。"

早晨去上班时,妻子嘱咐他早点回家.今晚电视有全国青年歌手的最后决赛,是实况转播。"记住了,呃。"他发现妻子的眼睛很美,先前他似乎没有注意过。但是,他终于没有赶回去.他愿意加班。五十元钱可以买一袋米,或者给儿子买双皮棉鞋。

他满足地笑了。

车停了,又是一个站。车门打开,呼啦啦涌上来一群青年男女。笑声、欢闹声,把车子塞得满满的。车子摇晃一下,似乎超载,然后呼隆呼隆跑起来。

他睁开眼睛,借着车里暗淡的灯光,打量起他们来。一色的西装、白衬衫、领带、羊绒衫、呢子中长风衣、三接头男式中跟皮鞋、小巧精致的女式高跟皮靴,气宇轩昂,风度翩翩,帅极了。今夜他们又狂又欢,一定玩得得意忘形。

他嫉妒地扫了他们一眼。男的,女的,成对地挨坐着,搂着腰,捏着手,亲热得不行,一点儿也不避人。到底是城里人!但他不是,十年前他从乡下来城里打工,什么特长也没有,卖的是力气。他恋爱时,都二十八了。压马路时,专拣有树荫的地方走,两个人中间老隔着那么一块空白,怕碰见熟人。女朋友是城里人,她不明白,他的胆子就这么小。别说接吻,就是手拉手,也没有尝过那滋味。那叫什么恋爱,是谈判,庄严得滑稽可笑。幸亏她欣赏他的忠厚、实在、听话,于是水到渠成,他们结婚了。

他轻轻地叹了口气。

他尖起耳朵,听这伙人的谈话:舞会、轻音乐、芭蕾舞、上网、买房子、白领……这一切对于他都是陌生的,似乎有一种冲击力,把他的心搅得乱乱的。这个夜晚,他们过得多有光彩,跳舞、听音乐、谈时代、谈人生. 热气腾腾,神采飞扬。而他的狂欢夜呢,喊着号子,淌着臭汗,扛着大包走"过山跳",赚了五十元钱!妻子的温存,孩子的欢笑,青年歌手的歌,通通舍弃了。"我好混啊,五十元钱能换回这些么?"他在心里咒骂自己。

呼隆、呼隆,车还在跑。

又过了几个站,这群金童玉女下车了。车厢里重新变得十分寂静。他突然感到一种孤独,真舍不得他们下车。下了就下了吧,有什么遗憾的。该想想自己了,往后该怎么过。

今晚他没回去,说不准妻子伤心了。她带着不懂事的儿子,待在电视机前,还有什么心思听歌手的演唱。她想谈一谈那些歌手的服装,唱歌时的表情,音色的柔美与刚健。儿子能懂吗?如果他在的话,彼此的交谈就会有趣得多。

他看了看自己油腻的工装,笨重的翻毛皮鞋,点点头又摇摇头。老往银行存钱干吗?当然是想买一套属于自己的小两室一厅,老住租的房子,"家"就在漂移,生不了根。岳家虽世居城里,也不过是底层人,没有多余的钱帮助他们,得自力更生。圣诞节

一过,中国人的元旦、春节就会接踵而来,他们得花点儿钱装扮一下自己,刚才那群青年人穿得多气派!他想,先到大商店去买西装,一人一套,包括儿子在内。羽绒衣也不能少,一人来一件。人靠衣裳

马靠鞍,说不准打扮起来,都不赖。两口子上街,也拉拉手地走走,牵上那儿子,幸福、快乐、美!他甜甜地笑了。

妻子这时候准睡了,但一定没有睡着。她受委屈了,得安慰安慰一下。然后,告诉她,周末一定不去扛包了,节目好就看电视,不好的话,上"中国剧院"去,看一场芭蕾舞《天鹅湖》,五十元钱一张的票,贵是贵了点。

车在跑。他看了看窗外,一排排路灯,抛出极好看的弧线,灯光耀亮的街道,如一条美丽的河……他第一次发现夜这么光彩、这么灿烂、这么逗人喜欢。他知道,家越来越近了,心坎上漫开一片温暖。

他突然记起老板无意中说过的话:"到年底了,货物太多了,还得加班。"他仿佛站在老板面前,不由自主地说:"加就加呗,我还巴不得哩!"

书 友

他和他无论是晤面欢谈,还是打电话问候,彼此都尊称对方为"书友"。

他们都好读书、喜藏书,还时或著书立说,当然是"书友"。还因为一个姓舒名予,另一个姓殳名役,姓与"书"谐音,称"书友"无异于是称"舒友"或"殳友"。

舒予五十有一,是潭城社科院古典文学研究所的研究员。中等个子,稍胖,面白无须,走路不急不慢,性子好得出奇。

殳役和他同年,是本地湘江大学中文系的博导,教的是古典文献的校勘。也是中等个,却精干单瘦,下巴蓄着短须,粗喉咙大嗓子,很容易激动。

同居一城,又有相同的喜好,所以数年来交谊弥重。就藏书而言,他们都有相当的规模,当然是新版书多。但也各有不少镇库之宝——古版线装书,却轻易不肯示人。

舒予的藏书印,是小巧的长圆形,刻着阳文"曾在舒予处"五字。殳役的藏书印,是刻着"书役"的两字白文小印,意思是他不过是书的仆役。

每有机会相聚,他们除了谈书,决不肯涉及另外的话题。

他们原本和善的关系,忽然紧张起来。

中秋节之夜,市里发请柬,请一些学术界的大腕,在雨湖公园的湖心岛小酌赏月。舒予和殳役特意互邀,坐在同一张桌子边。桌上摆着月饼、药糖、甜藕、柚子、橘子,及几个佐酒的冷盘,白酒是"茅台",红酒是山东青岛的葡萄干红。

皓月当空,湖光耀金,秋风送爽,水气氤氲。

他们喝着白酒,谈着书的话题,酒力渐渐在全身流转开来。

舒予说:"'明月照高楼,流光正徘徊',我忘了是谁的诗了?"

殳役快言快语:"你是考我。出自三国时曹植的《七哀》。'照之有余辉,揽之不盈手'呢?"

"出自晋人陆机《拟明月何皎皎》。'澄江涵皓月,水影若浮

天'？"舒予缓缓说道。

"出自南朝人萧绎《望江中月影诗》。'月冷凝秋夜，山寒落夏霜'？快说！"

"不是出自隋代薛道衡《奉和月夜听军乐应招诗》么？"

……

他们问答的节奏越来越快，酒也频频下喉，谁也不肯输给谁。

同桌的友人说："博览而强记，你们是平分秋色。"

两人哈哈大笑。

殳役问："书友，你此生访书可有憾事？"

舒予说："有呵。家传《经进周昙咏史诗》，为唐代周昙所著，是进奉给皇上的，共有七言绝句二百零三首，每首题下注出大意，诗下引史事，而间杂己意加以论评，谓之'讲话'，此为当时一种体式。有宋刻三卷本传世，我家只一、二卷，缺第三卷。我父亲生前搜寻未果，我又找了多年，仍然无法补齐。"

殳役酒兴正酣，说："我家却有第三卷，纸张精美，是福建刻印的，应为宋之佳本……"说了一半，他忙刹住话，猛猛地喝了一口酒。

舒予的嘴惊得半晌也合不拢，然后低声问："书友，可否割爱？价由你定。"

"不！决不！先父为购置它，跌伤过一只手。"殳役回答得斩钉截铁。

子夜时分，赏月会结束。

他们默默地挥挥手，各自乘安排好的小车回家去。这一夜，他们在各自的书房里，一直坐到天亮。

在以后的日子里，他们互相再不打电话，也避免任何可以碰面的机会。

殳役为自己的酒后失言而忏悔不已,若不说出家有此书的第三卷,就不会导致舒予的急于购置,一切便会怡然如昔。可他有难言的苦衷。1948年冬,父亲闻长沙一个书商手上有此书的第三卷,便乘火车而去购买。下火车时,因站台结冰不慎跌倒,左手骨折,硬是忍痛去把书购回。到殳役长大后,父亲专门说到此事,嘱他若能找到一、二卷,则为殳家之幸,也是此书之幸。殳役如将其散出,便是有违父命,则为不孝。若是别的书,殳役决不会这样。他听城中一家经营古旧书店的老板,偶尔谈到舒予曾打听过可有宋刻汤汉注陶渊明诗的古本,便推断舒予家应有宋刻《陶渊明集》,而缺与之称为双璧的汤汉注陶诗宋刻本。此书他家却有,但舒予并没有向他提起过,当然他就不能慨然出让了。

舒予也很后悔那晚贸然开口索购,这不是要夺人所爱吗?他在没事时,总会从书柜中搬出一个楠木书匣,戴上白而薄的手套,从里面拿出《经进周昙咏史诗》的一、二卷,小心地翻看。楠木匣是父亲得到这两卷本后,特意请人做的,里面的空间可放下三卷本。一套书未齐备,如一家人之离散各处,不能团圆是一大憾事。舒予想:我们二人爱书、藏书,是为了读书、研书,而不是以占有为乐。若都不肯忍痛割爱,则此书永远不得团圆。他决定连匣带书,慷慨赠予殳役!

星期天的上午,舒予携书去了殳家。

当舒予说明来意,殳役先是发愣,继而是又惊又喜,以致泪流满面。他寻出第三卷,小心地放进书匣里,再把书匣摆在父亲的遗像前,恭恭敬敬鞠了三个躬,哽咽着说:"爹呵,书友助我完成了您的心愿,您可以再无牵挂了。"又转过身向舒予鞠躬致谢,然后说:"古人云,有来无往非礼也。书友家中可藏有宋刻本《陶

渊明诗》?"

"是。"

"一直想寻访宋刻汤汉注陶诗的古本?"

"想了多少年了。"

"这就好,我家有!且赠书友以藏。"

舒予蓦地站起来,说:"我先去净手。我们再一起去把它'请'出来。"

半年后,他们仿佛心有灵犀,虽未相约,其做法却惊人地相似。舒予将家藏的古本书,全数捐赠给殳役供职的湘江大学图书馆。殳役也把家藏的古本书,全部捐赠给舒予供职的潭城社科院图书馆。

记者在报道这个新闻事件时,用的标题很有意思,把孟子的话"独乐乐不如众乐乐",改成了"独阅阅不如众阅阅"!

尊严死

一辆白色的小车,驶出了湘楚大学的校门。深秋上午的太阳光薄而淡,透出一阵阵的凉意。从这里到江南医院,要穿过繁华的闹市,加上红绿灯、堵车,满打满算也要一个小时。

开车的是程奋,坐在后座的是郑波。

程奋在校办公室当主任,四十八岁,头圆、腹凸、体胖。郑波比他大两岁,是中文系的教授,戴一副深度近视眼镜,主攻古代文字学,师从程奋的父亲程笃,读硕读博,再当助手,一眨眼过去了二十多年。

办公室管的车多，程奋可以调车也能开车。郑波发现程奋平素喜欢开红色的车，今天却选了一辆白色的，大概感到有什么严肃的大事要发生。

两个人久久不说话，只听见车轮摩擦水泥路发出的沙沙声。

程奋终于忍不住，说道："郑波兄，霍祺大夫打电话要我们两个人一起去医院哩。"

"除了我，应该还有你们一家人。"

"老婆当哲学系系主任的事，组织部上午找她谈话。儿子呢，上午要听一个外籍教授的讲座。什么事呢？"

"我也猜不出。"郑波说完，身子往后一靠，微微闭上了眼睛。他想，程奋不可能不知道是什么事，只是装糊涂罢了。

古稀之年的程笃患肝癌晚期，四个月前住进了江南医院的肿瘤科重症监护室。郑波在上课、开会之余，一个人去得很勤。或是坐在病房的走廊里守候，或是应主治大夫霍祺的邀请到办公室谈先生的病情。重症监护室是不能随便让人进去探看的，因为里面的空气消了毒。即便是医生、护士进去，也要重新换上净化过的衣服，以免把细菌带入。门上只有一个玻璃镶嵌的小孔，郑波隔一阵就会把眼睛贴上去，打量躺在病床上的程笃：一头银发，满脸愁苦，时而清醒，时而昏迷；鼻子的两孔插着氧气管和胃管，胳膊上插着输液的套管，下面还插着输尿管。

每当这个时候，郑波就会喟然长叹。这种"生命支持系统"，无非是让先生毫无质量地活在限定的时间里，死已是不可避免的了。先生平日曾多次对他说："人活着，要有尊严，人死去，也要有尊严。"这种比"死别"更残忍的"生离"，身上插着管子，身边没有亲人朋友，像吞币机一样耗费钱财，这种"工业化"的死去，先

生一定是极不愿意的。可惜师母因病已去世多年,可惜程奋夫妇和儿子都太忙,来得少,来了也总是匆匆的。程奋每次碰见了郑波,打一拱手,说:"辛苦我兄了。"

郑波和主治大夫霍祺年纪相仿,霍祺不但医术高明,器识尤可贵,他坦言:"当医生永远是无奈的,三成多的病治不治都好不了,三成多的病治不治都能好,只剩下三成多的病是给医学和医生发挥作用的。程先生患肝癌晚期,治不治都是半年上下与人世揖别,可我能对他的家属说吗?好在程老师是大学者,医疗费都是公家负担。对于普通患者而言,有数据证明,其一生的百分之七十五的医疗费是花在最后的治疗上。"

当郑波听了这些话,总要跳起来,然后又无力地坐下去。程笃是他的恩师,怎么医学就无回天之力呢?但科学的铁律是与感情没有任何关系的,痛惜、挽留、悲哀,并不能阻止一个生命的陨灭。

郑波读本科时,程笃第一次上"文字学"的课,自我介绍说:"我姓程名笃,字顿迟,你们可知道这名和字,来自何书?"郑波站起来说:"来自《说文解字》,笃者,'马行顿迟'。"程笃眼睛一亮,大声说:"你读书多,记性好,孺子可教!"尔后,郑波本科毕业,再读程笃的硕士和博士,因成绩突出,发表多篇论文,也就留校教书,并当了先生的助手。

在郑波看来,程笃于他是亦师亦父。而程笃却视郑波亦友亦子,不但学问上对郑波谆谆引导,生活上也极为关心。郑波的妻子,就是先生和师母介绍相识并喜结连理的。先生最大的遗憾,是儿子程奋读了硕士以后,改行去搞行政,而且干得津津有味。他对郑波说:"在知识界,第一等做学问,第二等教书,第三等做官。程奋没有定力,只能如此了。"

正在开车的程奋,鸣了一声笛,问道:"郑波兄,睡着了?"

"没有。我在想先生,他太痛苦了。"

"是呵……是呵。早几天霍大夫找我面谈过一次。"

郑波装作一无所知,问:"谈什么呢?"

"他说……老人肯定没有生还的希望了,家属是否可以考虑停止治疗。我问怎么个停止治疗法?他说,由家属签了字,再在医生指导下去拔掉输氧管。"

"你怎么说?"

"我明白之所以要这样做,是避免医患纠纷,一切都是家属自愿的。但……我不同意!"

"是只要先生活着,你就可以照领他的工资?"

"绝对不是,那是人性丧尽!我、妻子、儿子,是担不起这大不孝的名声,领导、长辈、同事、学生会怎么看我们?今后还怎么做人做事?"

"你担心将来副校长提拔不上?担心儿子将来不好找对象?就不担心老爷子这么受罪!唉。"

"郑波兄,我猜想霍大夫也和你谈过了,你是做学问的,没什么顾忌,能不能想个两全其美的法子?"

郑波一惊,随即平静下来,说:"程奋弟,我知道你想说又不好开口,霍大夫和我谈话后,想得我坐卧不宁,最后才想明白,为了先生尊严地逝去,由我来代替家属……签字和拔掉管子吧。"他的喉头哽咽起来,泪水奔涌而出。

程奋小声说:"谢谢……谢谢……"

……

程笃安然辞世,然后是火化、开追悼会、入土。

不断地有人向程奋和郑波,询问程笃最后的死因。

由郑波签字的医院、家属共拟的协议书复印件,程奋时刻揣在口袋里,有人问即掏出来说:"一切都由郑师兄做主,我听他的。"

郑波则从容如昔,有人来和气地询问或愤怒地责问,他面不改色心不跳,平静地说:"是我签的字,是我拔的管子。"

配角

父亲邵伟夫,先是话剧演员,后来又成了电影、电视演员。他的名字很气派,"伟夫"者,伟丈夫之谓也。可惜他一辈子没演过主角或次主角,全是很不起眼的配角,虽是剧中有名有姓的人物,也就是说几句不痛不痒的台词,演绎几个小情节而已。他的形象呢,身材矮小,脸窄长如刀,眉粗眼小口阔,演的多是反派人物:黑社会小头目、国民党下级军官、现实生活中的可怜虫……

他的名字是当教师的爷爷起的,曾对他寄望很高。没想到他读中学时,有一次演一个小话剧的配角神采飞扬,被动员去读一所中专艺校的话剧班,从此他就很满足地走上了演艺之路。

因为母亲是苗族人,可以生两胎,我下面还有一个妹妹。我叫邵小轩,妹妹叫邵小轮。通俗地说,我是小车子,妹妹是小轮子。我们的名字当然是父亲起的,母亲似乎很欣赏,觉得低调一些反而会有大出息。

母亲在街道居委会当个小干部,人很漂亮,我和妹妹似乎承袭了她的基因,长得都不丑。母亲对于嫁给了父亲,一直深怀悔意,原想会有一个大红大紫的丈夫,不料几十年来波澜不惊。我和妹妹自小及长,母亲都不让我们去剧院看父亲的戏;电视上一出现有父亲身影的剧目,她便立即换台。她还嘱咐我们,不要在人前提起父亲是演员。这种守口如瓶的习惯,久而久之造就了我的孤僻性格,在什么场合都沉默寡言。

读初中时,一个男同学悄悄告诉我:"你爸爸的戏演得真好,可惜是个小角色。如果让他演主角,肯定火!"

父亲在家里的时间很少,尤其是进入影视圈后,或是东奔西跑到一个个剧组去找活干,或是找到了活必须随剧组四处游走。每当他一脸倦色回到家里,首先会拿出各种小礼物,送给妈妈、我和妹妹,然后把一沓钞票交给妈妈。

我把男同学的话告诉他,他听了,微微一笑,说:"在一个戏中,只有小人物,没有小角色,这正如社会的分工不同,都是平等的。主角造气氛,配角助气氛,谁也离不开谁。"

母亲轻轻"哼"了一声,然后下厨房去为父亲做饭菜。

我看见父亲脸上的肌肉抽搐了一下,很痛苦地低下了头。

我读高中妹妹读初中时,父亲在出外三个月后,回到家里。他这次是在一部《五台山传奇录》的电视连续剧里,演一个貌丑却佛力高深的老方丈的侍者,虽是配角,出场却较多,拿了五万元片酬。他给我和妹妹各买了一台笔记本电脑,给妈妈买了一个钻石戒指。

我发现父亲的手腕上绑着纱布,便问:"爸爸,你受伤了?"

他说:"拍最后一场戏时,和一个匪徒交手,从山岩上跌下来,把手跌断了,我咬着牙坚持把戏拍完,导演直夸我敬业哩。"

母亲说:"你也五十出头了,别去折腾了,多在家休息吧。"

他摇了摇头,说:"不!你工资不高,小轩、小轮正读书,将来还要给他们备一份像样的嫁妆。再说,小病小伤在拍戏中是常发生的,别当一回事。"

我和妹妹不由得泪流满面。

后来,我考上了湖南师范学院的中文系,学校就在岳麓山附近。三九严寒的冬天,母亲打电话告诉我,父亲在岳麓山的爱晚亭前拍戏,让我去看看父亲,还嘱咐我最好把自己伪装一下,别让父亲分神出了意外。

漫天大雪,朔风怒吼。我戴上红绒线帽子、大口罩、羊毛围巾,穿上新买的中长羽绒袄,早早地来到爱晚亭前。警戒线外,看热闹的人很多,我使劲地挤站在人丛里。父亲是演一个寻衅闹事的恶霸,样子很丑陋,说话还结巴,然后被一个江湖好汉狠狠地揍了一顿,把上衣也撕破了,痛得在地上翻滚。这场戏前后拍了三遍,导演才打了个响指,大声说:"行了!"

我看见父亲长长地嘘了一口气,然后去卸了装,换上平常穿的旧军大衣。接着,又去忙着搬道具、清扫场地。等忙完了,他靠坐在几个叠起的道具箱旁边,疲倦地打起盹来,手指间还夹着一支燃了一半的香烟……

牵手归向天地间

马千里一辈子不能忘怀的,是他的亲密战友小黑。小黑为掩护他,牺牲在湘西剿匪的战斗中。他至今记得当一身是血的小黑,已无法站立起来时,却把头向天昂起,壮烈地长啸了一声,欲说尽心中无限的依恋,然后阒然而逝。

小黑是一匹马。

马千里已八十有三,在他的心目中,小黑永远年轻的活着,活在他的大写意画里,活在他画上的题识中。可如今他已是灯干油尽了,当时留下的枪伤,后来岁月中渐渐凸现的衰老,特别是这一年来肝癌的突然逼近。他对老伴和儿女说:"我要去和小黑相会了,何憾之有!"

他的家里,画室、客厅、卧室、走廊、到处挂着关于小黑的画,或中堂或横幅或条轴,或奔或行或立或卧,全用水墨挥写而成,形神俱备。只是没有表现人骑在马上的画,问他为什么?他说:"能骑在战友身上吗?现实中有,我心中却无。"题识也情深意长,或是一句警语,或是一首诗,或是一段文字,不是对马说的,是对一个活生生的"人"倾吐衷曲。

马千里不肯住在医院里了,药石岂有回天之力?他倔强地要待在家里,随时可以看到画上的小黑,随时可以指着画向老伴倾诉他与小黑的交谊。尽管这些故事,此生他不知向老伴讲了多少遍,但老伴总像第一次听到,简短的插话推动着故事的进程。

"我爹是湘潭画马的高手,自小就对我严加督教,'将门无犬子'呵,我的绘画基础当然不错。解放那年,我正上高中,准备报考美术学院。"

"怎么没考呢?"老伴问。

"解放军要招新兵了,我和几个要好的同学都向往戎马生涯的诗情画意,呼啦啦都进了军营。首长问我喜欢什么兵种,我说想当骑兵。"

"你爹喜欢马诗和马画,你也一脉相承。唐代李贺的马诗二十三首,你能倒背如流。最喜欢的两句诗是:'向前敲瘦骨,犹自

作铜声。'"

"对。部队给我分配了一匹雄性小黑马,我就叫它小黑。小黑不是那种个头高大的伊犁马或者蒙古马,而是云、贵高原的小个子马,能跑平地也能跑山路。它刚好三岁,体态健美、匀称,双目有神,运步轻快、敏捷,皮毛如闪亮的黑缎子,只有前额上点缀一小撮白毛。"

"小黑一开始并不接受你,你一骑上去,它就怒嘶不已,乱跳乱晃,直到把你颠下马来。"

"你怎么知道这些?"

"你告诉我的。"

"后来老班长向我传道,让我不必急着去骑,多抚小黑的颈、背、腰、后躯、四肢,让其逐渐去掉敌意和戒心;喂食时,要不停地呼唤它的名字……这几招,果然很灵。"

"因为你不把它当成马,而是当成人来看待。"

"不,是把它当成了战友。不是非要骑马时,我决不骑马,我走在它前面,手里牵着缰绳。"

"有一次,你失足掉进山路边的一个深坑里。"

"好在我紧握着缰绳,小黑懂事呵,一步一步拼命往后退,硬是把我拉了上来。"

"1951年,部队开到湘西剿匪,你调到一个团当骑马送信的通信员。"

"是呵,小黑也跟着我一起上任。在不打仗又没有送信任务的时候,我抚摸它,给它喂食,为它洗浴,和它有一搭没一搭地说话。它不时地会咴咴地叫几声,对我表示亲昵哩。"

"你有时也画它吧?"

"当然画。用钢笔在一个小本子上,画小黑的速写。因老是抚摸它,它的骨骼、肌肉、鬃毛我熟悉得很,也熟悉它的喜怒哀乐。只是当时的条件所限,不能支画案,不能磨墨调色,不能铺展宣纸,这些东西哪里去找?"

"你说小黑能看懂你的画,真的吗?"

"那还能假。我画好了,就把画放在它的眼面前让它看。它看了,用前蹄轮番着敲击地面,又咴咴地叫唤,这不是'拍案叫绝'么?"

老伴开心地笑了,然后说:"你歇口气再说,别太累了。"

马千里靠在床头,眼里忽然有了泪水,老伴忙用手帕替他揩去。

"1952年冬天,我奉命去驻扎在龙山镇的师部,取新绘的地形图和电报密码本,必须当夜赶回团部。从团部赶到师部,一百二十里地,正好暮色四合。办好手续,吃过晚饭,再给小黑吃饱草料。我将事务长给我路上充饥的两个熟鸡蛋,剥了壳,也给小黑吃了。这个夜晚,飘着零星的雪花,寒风刺骨,小黑跑得身上透出了热汗。"

"半路上要经过一片宽大的谷地,积着一层薄薄的雪花,突然小黑放慢了速度,然后停住了。"老伴说。

"是呵,小黑怎么停住了呢?累了,跑不动了?不对呀,准是有情况!夜很黑,我仔细朝前面辨认,有人影从一片小树林里走出来,接着便响起了枪声。糟糕,是土匪!我迅速地跳下马,把挎着的冲锋枪摘下来端在手里。这块谷地上,没有任何东西可作掩体,形势危急呵。小黑竟知我在想什么,蓦地跪了下来,还用嘴咬住我的袖子,拖我伏倒。"

"它用自己的身体作掩体,真是又懂事又无私。"

"好在子弹带得多,我的枪不停地扫射着,直打得枪管发烫,

打死了好些土匪。我发现小黑跪着的姿势,变成了卧着、趴着,它的身上几处中弹,血稠稠地往外渗。我的肩上也中了弹,痛得钻心。我怕地形图和密码本落入敌手,把它捆在一颗手榴弹上,一拉弦,扔向远处,'轰'的一声全成了碎片。"

"小黑牺牲了,你也晕了过去。幸亏团部派了一个班的战士骑马沿路来接你,打跑了残匪,把你救了回去。小黑是作烈士埋葬的,葬在当地的一座陵园里。"

"后来,我被送进了医院……后来,我伤好了,领导让我去美术学院进修……后来,我退伍到了地方的画院工作。"

"几十年来,你专心专意地画马,画的是你的战友小黑。用的是水墨,一律大写意。名章之外,只用两方闲章:'小黑'、'马前卒'。你的画,一是用于公益事业,二是赠给需要的人,但从不出卖。"

"夫唱妻随,你是我真正的知音。"

在马千里逝世的前一日,他突然变得精气神旺盛,居然下了床,摇晃着一头白发,走进了画室。在一张六尺整张宣纸上,走笔狂肆,画了着军装、挎冲锋枪的他,含笑手握缰绳,走在小黑的前面;小黑目光清亮,抖鬃扬尾,显得情意绵绵。大字标题写的是"牵手同归天地间",又以数行小字写出他对小黑的由衷赞美及战友间的心心相印。

待钤好印,马千里安详地坐于画案边的圈椅上,慢慢地合上了眼睛……

茗 友

湘潭城西有一条曲而长的小巷,名叫盘龙巷,巷尾居然立着一家泰源当铺。当铺不开在繁华闹市,是这个行业的惯例,因前来典当者,或家道困窘,或遇急事手头缺钱,最担心的是被熟人碰到,那脸就丢大了。

衣衫破旧、面色青黄的幸叔儒,从这家当铺走出来的时候,正是仲春的一个午后。他怀里揣着的东西没有当掉,因为掌柜出价太低。他觉得胸口发闷、喉头苦涩,又气恼又忧烦。

幸叔儒今年五十有五,祖上做过官、经过商,但到他父亲这一代已经门庭衰败。他自小读的是旧学,古文根底扎实。勉强成了个家,却不能立业,只能在乡下教私塾养家糊口。眼下老妻重病在床,儿子年过三十等着钱娶亲,他只能把唯一值钱且是他的心爱之物拿来典当,可笑可恨竟无人能识,出价只是两块光洋!他步下当铺的阶基,朝巷口走去,家里等着钱用,

必须再去寻访另一家当铺。

他的鼻翼敏感地动了动,然后狠狠地吸了一口气,是茶香,而且是今年新上市的武夷岩茶。岩茶属青茶类,香气醇厚,味道也极好,爽心润肺。此生他最好的无非两件事:读书、饮茶。而这一刻,他特别想饮茶,唇焦舌燥,心火太旺,渴待以茶浇润。他的鼻子仿佛被茶香牵着,来到一户人家的黑漆铜环大门前,迟疑了一下,便谨慎地叩响了门环。

不一会,大门打开,走出一个五十来岁的中年人,胖胖的体量,满脸带笑。

幸叔儒拱拱手,说:"冒昧打扰,海涵。"

"您有什么事吗?"

"没有什么事,只是闻到茶香,断定是武夷岩茶的'明前茶',故敲门乞茶,请慷慨一赐。"

"呵,闻香便知是什么茶,又知是什么时候采的茶,可视为同道,请!"

穿过花木繁茂的庭院,再走进一间洁静的书房。正面挨墙是一排书柜、书架,两侧的墙上挂着字画。他们在正中的几案边坐下来。地上立着红泥小火炉,火苗子舔着烧水的大瓦壶;几案上摆着一罐茶叶、一把紫砂壶和几个紫砂小杯。主人谦和地说:"我叫叶春山,自号茶痴。在湘潭开着几家卖茶叶的店子。"

"我叫幸叔儒,在乡下教私塾。您经营茶叶,又如此爱茶,是古人所称的'茶人'呵。"

"您这般爱茶、惜茶,又何尝不是!"

两人哈哈大笑。

叶春山端起几案上的紫砂壶,缓缓倒入两个小杯中。

"茶是刚冲泡的,幸先生请品评。"

幸叔儒说:"谢谢。"便端起一杯,啜了一小口,停了一阵,再啜一小口,然后说:"真是好茶,好茶!"

叶春山问:"难道就十全十美了?"

"不,可惜叶先生这把紫砂壶年岁不长,故冲泡的茶叶还有……几丝涩感。"

"这才是方家之语。"

"我随身带着一壶,算是个家传之物,且用它试试如何?"

"好。请先让我拙眼一观。"

幸叔儒从怀中掏出一把小巧的紫砂壶,双手捧着递了过来。

叶春山接过来,左看右看,特别是壶的内壁,茶垢厚积。便说:"好壶,这是'孟臣壶',出自明末清初宜兴紫砂壶名匠惠孟臣之手。我在本地一家大宅院见过,可惜主人坚不出让。"

"不到万不得已,谁肯易主呢?《茗谈》说:'茗必武夷,壶必孟臣,杯必若深。'真是至理名言。"

叶春山迫不及待地把岩茶放入壶内,急忙冲入沸水,盖上壶盖,过了一阵再把茶水斟入小杯中。然后,两人端杯饮啜。

"叶先生,味道如何?"

"此壶果然远胜我的壶,让我羡慕死了。"

他们一边品茶,一边聊天,有如老友重逢,幸叔儒的心情渐渐好了起来。他忽然看看见对面墙上挂的一个条幅,写的是一首七律,内容是夏夜日本飞机来袭,全城灯火管制,中有两句可堪评点:"收灯门巷千家黑,听雨江湖六月寒。"便说:"叶先生爱读书爱写诗,此为儒商。这两句写得漂亮,'有时'也'有我',佩服。"

叶春山受宠若惊,问:"何谓'有时'、'有我'?请赐教。"

"您客气。生今之世,审今之务,凡接于耳目而可感于心者,皆为咏叹之诗材,如兄诗之咏日机夜袭、灯火管制,此谓'有时'。而情必自我生,辞必自我出,称之'有我'。"

叶春山连连点头。

黄昏翩然而至,幸叔儒记起家事,连忙起身告辞。

叶春山欲言又止,终于,鼓足勇气问道:"兄可否出让此壶……我决不回价。"

幸叔儒叹了口长气,说:"实不相瞒,我刚才去了当铺典当此壶,家有急事需钱。"

"就出让给我吧。"

"叶先生是茶人、雅人,您喜欢这把壶,而此时我很需要钱。此壶最少可值四千块光洋,但我只能售半个壶给你。"

叶春山愣住了,半个壶怎么售?

"我只取两千块光洋,用来为老妻治病和儿子娶亲。壶留兄处,我想壶了,便来府上饮茶,与兄谈诗,不知可否?"

叶春山喜得高喊一声:"遵命!"

……

日子不紧不慢地打发过去,每隔几日,幸叔儒就来叩访叶府,多是夜晚,烧水、沏茶、聊天,然后兴尽而别。亲兄弟有这么亲密么?没有。

日寇投降了,普天同庆。

幸叔儒在一场大病后,驾鹤西去。他的儿子赶到叶府,下跪向叶春山报丧。叶春山禁不住满怀悲恸,呜呜大哭了一场。

第二天一早,叶春山乘马车赶到城郊乡下的幸家,向幸夫人及其儿子详述孟臣壶之事,补还另一半壶款二千光洋,再拿出一千光洋为幸叔儒热热闹闹办后事。

每当用孟臣壶沏茶时,叶春山必摆上两只小杯,分别斟满,然后端起其中一杯,喃喃地说:"幸先生,请品茶!"

联　家

　　长于绘画、写字、雕塑、吟诗的人,往往被誉之为画家、书家、雕塑家、诗家。擅长写对联的,自然可入联家之列。在古城湘潭,联家不少,但此中翘楚,非湘楚大学中文系的教授王砺勤莫属。他有个字:看剑。名和字连起来,意思很有趣,即苦磨勤砺之后,便是"醉里挑灯看剑",剑锋自然光芒灼灼。他是教古典文学的,业余则以撰联为乐,而且一手魏碑字写得很漂亮,可说是联家与书家相兼。他自该校中文系毕业后,便留校教书,到1966年时,他已是六十岁的人了。他书教得好,和颜悦色,温言细语,广闻博识且能深入浅出。同时,有关阐释古代文论的专著亦多,人誉其为"著作等身",他马上修正,说:"不过等臀而已。"人们特别津津乐道的,是他的对联,内容与形式俱佳,一经面世,众口风传。

　　王砺勤家是学校分配的一个小院子,前临湖,后靠一座小山丘。院子里有一个小土坪,花草树木皆系他与夫人所栽。穿过这一片喜绿欢红,便是一溜五间平房:客厅、书房、卧室、厨房、卫生间。他的夫人也在中文系供职,是教现当代文学的。他们没有一儿半女,但无憾意,日日与青年学子相处,远胜儿孙绕膝之欢。院门两边的对联,是王砺勤自拟自书再请刻工刻于木板悬挂上去的:"种树类培佳子弟;卜居邻结好湖山。"夫妇俩除了教书便是著书立说,其余的事则无心思去打理,诸如职务、职称、待遇等等。王砺勤坦言:"不是不求名利,而是要顺其自然,只问耕耘,自有收获。"他们有工资，还有稿费，但穿得简朴也吃得简朴，对于捐助贫困学生和资助社会慈善事业，却出手慷慨。他家客厅正面墙上，中堂是一幅国画《松鹤图》，两边的对联是裱好的长轴："求名求利，只求已莫求人；惜衣惜食，非惜财实惜福。"

一年四季，在清晨或是傍晚，不管天晴、落雨、下雪，王砺勤和夫人，总要到湖边或山间散步，双影缱绻，款款交谈。有一位同仁说："望之俨若神仙中人，难得难得！"

湘潭的当街店铺，多悬挂木板做成的匾额和对联，由名人撰题再请名刻工雕镂而成。王砺勤应邀撰题的，数量不少。比如"韩杨泥木行"，是由韩姓泥水匠和杨姓木匠为首，组建的一个街道小建筑公司。当韩、杨二人，身着工装，提着两瓶"湘潭汾酒"，小心翼翼来到王家说明来意后，王砺勤哈哈大笑，说："冲着你们俩的姓，我写，因为有两个现成的典故可用。酒，我收下。但贵行开业时，我可能去不了，先送上一个百元包封的贺仪，也望笑纳！如你们不收，我就不写了。"

"这贺礼太重了，谢谢。我们收，我们收。"

"上联是：'世有韩昌黎当传圬者。'韩昌黎就是唐朝的诗人、散文家韩愈，他为一个叫王承福的泥水匠写过一篇《圬者王承福传》。下联是；'斯为杨氏子乃祖墨家。'墨家是战国时的墨翟，又称墨子，尊为木匠的祖师；你姓杨，便是杨氏子了。百无一用是书生，你们比我强呵。"

二人也读过些老书，高兴得眉飞色舞。

王砺勤又裁好宣纸，用厚重的魏碑体写出。边写边说："这对联一露面，应该有不少叫好的，这一点我很自信。"

……

王砺勤为店铺题联，为风景胜地的楼、台、寺、亭题联，还应邀写过不少赠答联、喜联、寿联、挽联。有的是心甘情愿写的,有的则是无可奈何不得不写的。他常对夫人说:"我为联甘,也为联苦,喜哉悲也。"

1956年秋,中文系专治甲骨文、金文的老教授刘潮海,且是诗文大家,农历九月初三是他的七十寿诞。湖南风俗"生日无请",王砺勤携带自拟自书且装裱好的红纸寿联,不请自去贺寿。因白居易曾有诗句"可怜九月初三夜,露似珍珠月似弓",他便遣之入联,还将刘教授之名也嵌了进去。对联云:"才高八斗,看诗同潮、文同海;生朝七十,正露似珠、月似弓。"一时主客俱欢,十分称赞。

一年后,一位分管政治工作的副校长因车祸罹难,中文系主任指令他代表全系教职员工,题写一副挽联以便悬挂在灵堂。他能写吗?他能不写吗?这个人在"反右"时很积极,就连退休了因言语不慎的老教授也概莫能免,刘海潮就因说了句"学术问题不要被政治所捆绑",被戴上了右派帽子。王砺勤琢磨又琢磨,最终写了付似褒实贬的挽联交差:"政声总是人去后;民意长在巷谈时。"

王砺勤入花甲时,文化大革命烽火高燃,破"四旧",揪斗反动学术权威和"走资派",游行、贴大字报、开批判会,整个世界热闹得像赶集。

多年来,王砺勤一直牢记古训"万言不如一默",除上课话多(话再多也不轻言政局)外,平日里少言寡语,因此很少给人留下把柄,"反右"他安然过关,"四清"也毫发无损。但他没想到在这场运动中,他们把他写过的对联收集起来汇成一册,并从中寻找出他一以贯之的"反动基因"。他的院门联表现的是地主阶级的享乐观,何况他原本出身于地主家庭;客厅联是宣扬资产阶级

"白专"道路，不问政治，自命清高，与党分庭抗礼；写副校长的挽联，更是皮里阳秋的笔法，目的在于污蔑党的领导，挑动群众的不满情绪……

他知道百口难辩，采取的办法仍是沉默，该写检讨写检讨，该去批斗会场就先戴好高帽子，该去劳动就捋袖而上。

家里的院门联、客厅联，被红卫兵小将摘下来，砍烂、撕碎，然后付之熊熊大火。城里他题写的对联，同样是粉身碎骨、灰飞烟灭。他的心上，如插上万把尖刀。

王砺勤自小就瘦弱，身子有皮少肉，属于"筋骨人"。又因读书、治学过于劳累，一直患有严重的心脏病。身病加上心病，他终于卧床不起了。但他决不去校医院住院，只在家服药，苟延残喘。他半依半躺在床上，静思一副自挽联。当然，即便想好了，他也不能站立握斗笔濡墨以书；即便能书写出来，也不可能在灵堂悬挂。一个臭知识分子死了，还有那种排场吗？

他用颤抖的手握着钢笔，抄录拟好的自挽联时，夫人正好去了医院为他拿药。当抄完最后一个字，他头一歪，便阖然长逝，纸片从他手上飘落……

没有开追悼会，没有发讣告。王夫人在丈夫火化后，捧回了一个骨灰盒。她把丈夫抄写自挽联的小纸片，贴在骨灰盒上，然后就哽哽咽咽念起来：

我为联生，我为联死，只乞传中华书香一脉；
情以世喜，情以世悲，最思唤后学旭日群峰。

拼　孙

这两个人,正如俗语所云"打断骨头连着筋",想分开都不可能。

读小学、中学,他们同校同班。读大学,虽不同系却同校。毕业后分配到同一个城市工作,一个供职轻工业局,一个供职药检局。退休前,又相约购房于城南的康宁山庄,只是没法住在同一栋楼,一家住第五栋,一家住第十二栋。

奚啸城说:"季兄如不忌讳,我们可以预定墓穴于同一个公墓园,如何?"

季羡江说:"好。在另一个世界亦可时常聚首,快哉快哉!"

奚啸城个高、肩阔,声音洪亮。季羡江则是小个子,瘦精精的,说话语速极快。平生他们都有个大志向、大抱负,在做人、读书、工作诸多方面,从不肯稍逊于人。年轻时在一起相聚,他们爱引用《三国演义》中,曹操对刘备说的一句话互相鼓励:"天下英雄唯操与备也。"

他们之间虽情谊弥重,却也暗自较劲,企图高人一头,只是不分伯仲而已。就连彼此的姓名,常会在不经意间,流露出一种自豪感。

"你知道吗?奚啸伯曾是京剧界的著名老生,无人不知。我自小崇拜他,所以叫奚啸城。"

"呵,季羡林是中外闻名的学界泰斗,著作等身,是季氏一族

的殊荣。我最倾服他,姓名中便有两个字与他相同。"

于是,两人哈哈大笑。

可惜命运并不钟情于他们,官做到副局长,也就是副处级,古代称之为从七品,就惆怅地退隐山林了。更让他们痛心的,是他们的独生子,都是公务员,三十出头了,还只是个科级干部。眼下年轻人流行的是"拼爹",他们虽是爹,却没有炫目的权力、金钱、人际关系,没法为儿子出力帮忙。好在他们都有一个孙子,又结实,又聪明,这不是未来的希望么?

在职时,他们毕竟大小是个官,关系总还是有一些的。让孙子上本地最好的幼儿园,上誉声久播的小学和中学,星期天上最有实力的各种培训班。见面时,他们的话题总围绕孙子转。

"我那孙子奚可争气,这个学期评上优秀学生了。"

"呵,好。我那孙子季飞学画画,有灵性,作品都参加市里美展了。那是一张水彩画,真不错,画的是康宁山庄湖边的风景。"

春去秋来,两家的孙子读高三了。自从他们退休后,担心儿子、儿媳工作忙,家事难料理周全,就把孙子接到自家吃住,照看生活之外,还可尽课读之责。

两个孙子都不是成绩拔尖的高才生。奚可考的是文科,季飞考的是美术院校,两人相比,奚可的文化成绩是中等偏上,季飞则是中等偏下。

有一天上午,孙子上学去了。奚啸城与季羡江相约聚首于湖畔的凉亭,坐在石桌边聊天。太阳光斜斜地吻在他们脸上,暖融融的,彼此有了款谈衷曲的契机。

"奚兄,你孙子成绩还好吧?"

"不敢吹牛呵,班上排名中溜而已。季飞呢?"

"羞愧羞愧,中等略欠。他该报考什么大学呢?请奚兄赐教。"

奚啸城迟疑不语,看着连连叹气的季羡江,有些同情,终于开口献计献策:"假如文化成绩不是太好,是不是可以考虑读职业学院的工艺美术专业,易进易出,将来好就业。"

季羡江脸色突然变了,瞪大一双眼睛,急促地说:"职业学院是大专学历,人家的孙子读本科,我的孙子为什么不能读本科?笑话!"说完,蓦地站起来,气冲冲地走了。

奚啸城愣住了,恨不得抽自己一个耳光,言多必失,真是至理名言。他想,下次见面时,一定要向季羡江温言解释,请他原谅。

此后,奚啸城打电话去相邀,季羡江总推说太忙,抽不开身。奚啸城希望无意中在社区碰到季羡江,却人影不见,看得出对方在努力躲避他。上门叩访吧,也不妥,显得自己太没身份了。

高考结束了,录取线公布了,通知书发出来了。

奚可考上了外地一所大学的"二本",学校虽很一般,却是本科学历。

季飞因文化、专业分数都差,落榜了。

原本奚啸城十分懊恼,但听孙子说到季飞,又无端地得到安慰,证明他当时对季羡江说的话,还是有道理的,可惜人家听不进去,怪谁呢?

又过了些日子,一个惊人的消息传来,让奚啸城狠狠地伤了一回心。季飞到乌克兰的国家艺术学院油画系留学去了,因为四年的费用不菲,季羡江把社区的房子卖了,老两口到城郊租了一套小两室一厅安身。

季羡江搬家时,没有来向奚啸城告辞,就这么静悄悄地走了。

奚啸城觉得心里空出了一大块。

在这个社区，他和别的老人几乎没有什么交道，也不想再结识新的朋友。

他觉得自己衰老得越来越快了。

何　故

岁月倥偬，当年的潭城一中高中同班同学，都是六十好几的人了。我们的经历大体相似，毕业时，正逢文化大革命中的上山下乡运动，无一幸免地当了知青；劳动几年后，倦鸟归飞，招工进城散落到各厂去当工人。此中少数人出人头地当了小干部，或者高考恢复后业余读完了"电大"、"函大"、"职大"。但总的看来，都很平淡，没有什么了不起的人物。

同学偶尔相聚，纵论平生，必有人理直气壮地反驳这种看法："怎么没有？何故就是一个写了好多本书的作家！"在短暂的安静之后，大家立刻爆发出一片宏重的笑声。

何故很少参加这种同学聚会，不是忙得抽不开身，是不屑于和我们这些平庸之辈为伍。但他还是念旧的，每出版一本新书，必蹬着一辆破旧的自行车，上门将签名书送到我们手上，亲和地说："请老同学斧正。"

他是作家吗？当然是。写书并能出版书的人，茫茫人海中不过凤毛麟角。

同学中也有喜欢寻章摘句的人，说何故作为作家的"作"字，有同音字可替代，一可称为"捽家"，"捽"者，与"抓"、"揪"同义，他是死死抓住作家梦不放的人;二又叫作"诈家",惭愧谓之"诈",他对他的家庭是有愧的。

这种话很刻薄,但不能不说是事实。

何故的作家梦,萌生于刚下乡当知青时,贫下中农叫他生火做饭、挑粪种菜、赶牛犁田,他晚上闲得慌,在油灯下用日记写下他的体会,文笔还算顺畅。不料偶尔被《潭城日报》下乡采访知青生活的记者发现了,让何故抄改出来,又经他慎重地润色,发表在报纸上。

文章能够登报,这是一件大喜事。大家都不叫他"何故"了,而是叫他"何作家"。何故说:"这样的小文章算什么?我将来要写厚厚的书!"

何故长得矮墩墩的,手粗腿壮,胸肌发达,干活是把好手。晚上呢,可以精神抖擞地在油灯下读书、写小文章。每次休假回城,必去新华书店,买各地出版的文艺书籍,如《鲁迅杂文选》《金光大道》《小将》《金训华之歌》等等。《潭城日报》上,隔三岔五会登载他反映知青生活的消息、通讯和诗文。后来,何故被调到公社广播站工作,专门写稿、编稿,由一个女广播员早晚播发。

人们称他是"专业作家",他笑得脸上像开了花。

招工时,何故属于有特长的人,本市的一家大型炼钢厂看中了他,让他进厂当了宣传科的干事,出墙报、办油印小报和向各级报社、广播电台投稿,成了他的日常工作。业余呢,写诗写快板写报告文学写散文写小说。他吃得苦,肯下大力气,作品间常能发出来。有一个短篇小说《炉火通红》,收进了一本名叫《时代的主人》的小说集中,何故一时间名声大振。

同学们都招工进城了,各忙各的事,聚会的机会不是很多,但何故是大家关注的热点。何故很少打电话给我们,也很少和同

学往来,他的业余时间都用在读书和写作上。

文化大革命结束了。改革开放的热潮掀起来了。

同学们年纪也大了,纷纷成家。我们听说何故也喜结连理,妻子是钢厂的一个会计,长得很漂亮,而且会持家。一年后,何故有了一个可爱的女儿。

我们都引颈盼望何故的大著何时能出来。

20世纪90年代初,何故的长篇小说《百炼成钢》出版了,是写炼钢厂生活的。他亲自登门送书,还说过些日子要请大家吃饭,饭店就选最有名的"洞庭春"。

有人问他这本书得了多少稿费?他一笑,说:"这是隐私,无可奉告。"

也许是他太忙,也许是他忘记了,请吃饭的事如烟消云散。

尔后,他又出版了散文集《钢花飞溅》、诗歌集《刻在钢坯上的座右铭》、报告文学集《揉钢捏铁的汉子们》、短篇小说集《钢城春色》……

何故成了省作家协会会员,正全力以赴争当中国作协会员。听说他个人生活并不顺利,与结发妻子离了婚,孩子由女方带养,他每月付生活费。然后,他又与一个进城来打工的乡下姑娘结了婚。这是个二十多岁的黄花闺女,未婚先孕,挺着个大肚子身披婚纱,热闹了一场。

我们猜测一定是何故的责任,这样不断地出书,稿费赚得太多了,有名有利的人不花心才怪!

有一个同学喜欢打探小道消息,他有一个远房亲戚在钢厂工作,便问起了何故的情况,着着实实让他大吃了一惊。这才知道何故所出的书,都是自费书,把书稿拿到出版社去,买书号,付审稿费、设计费、编排费、印刷费,一本书要花几万元,出版社付给他的"报酬"只是一千册书！第一个妻子是主动提出要和他离婚的,省吃俭用,给孩子买个玩具都舍不得,两人的工资加上何故菲薄的稿费,全用在出书上了,这日子过得苦不堪言。第二个妻子也忍受不了何故的出书癖,天天吵着要分手,结局可想而知。

我们不理解的是,何故要出这么多书干什么？就算图个名吧,小试牛刀即可,哪有这样执迷不悟的？

这个同学也打听清楚了,说钢厂除何故外,还出了一个有成就的作家,早就调到省城搞专业创作去了,当时一共出版了小说、散文及文史专著二十多本。何故曾在人前人后信誓旦旦地说："他出多少本,我就出多少本,他算什么？"听的人说报纸都报道了,人家的每本书都拿稿费,你是赔钱呵。何故头一昂,大声说："我只认书,不认钱！"

这些年,自费出书已经很平常了,有门路的人,可以把这一千册书,除赠送亲朋好友外,其余的都卖出去,作一些付出的补偿,何故行吗？

去过何故家的人说,他家住的还是两室一厅的小套房,彩电是十四寸的,家具也很破旧;客厅挨墙立着几个大书架,摆放的全是他自己的书。何故很得意地对来访者说："人虽未死书先埋,幸甚！幸甚！"

何故是我们的同学,精神可嘉,但处境悲哀,不能不援之以手。

他每次上门送书,我们的口径仿佛经过商量,高度一致,先请他坐下来喝茶,然后说："我们的亲戚朋友都知道你的大名,都想读你的书,能否购十册、二十册？"何故似乎很犹豫,然后才说："我手上的书也不多,但你要,我必须答应。"

……

到现在,六十多岁的何故早退了休,头白了,腰弯了,只剩下一条可怜的影子和他朝夕相伴,他还在笔耕不止、发愤著书。

书　衣

一本书的封面、封底、书脊、版式、扉页、环衬,概称为书衣。为书设计、裁剪书衣的行当,叫作装帧设计。在我们墨花文艺出版社,搞装帧设计(包括插图)的,有近十人,专设一个部室,由总编辑吴进直接管辖。

墨花文艺出版社,主要出版古今中外的文艺类书籍。文字编辑、美术编辑、校对、行政管理、印刷、发行……呼啦啦竟有三百人之多。在圈内,公认该社的书选题精审且视域宽阔,编辑、印刷质量上乘,投放市场后,往往名利双收。四十岁出头的吴进,常有一句话挂在嘴边:"朱大姐领衔的装帧设计部功不可没!"

朱大姐姓朱名青,已近五十岁,是装帧设计科班出身,干这一行已经二十多年了,不少书衣作品获全国和本省的大奖,名气很大。同时,她还是一位出手不凡的工笔人物画家,而且只画历代的才女,鱼玄机、薛涛、李清照、朱淑贞、林徽因、袁昌英、吕碧城、张爱玲、丁玲……北京的中国美术出版社出版过她的画集《丽人行》。有人评价她之所以汲汲于此,因为她本人就是丽人兼才女,有一种顾影自怜的况味。

朱青不但年轻时容貌出众、才气逼人,到了半百年华依然丰韵不减。她喜欢穿旗袍、穿连衣裙、穿薄呢大衣、穿半高跟鞋，但色彩一律浅素。她不喜欢耳环、项链、戒指之类的首饰，脸上只化点淡妆，不细看是看不出来的。她的父母曾是大学中文系古典文学的教授，自小对她课读甚严。朱青天生就有诗人禀赋，又肯在诗词上下功夫，故写诗作词门径熟谙。诗词她从不拿出去发表，只在同道之间传阅，有很多好句子让人久久难忘，如："芳草碧如此，落花红奈何"；"凉生草树虫先觉，日落帘栊燕未归"；"满砌苔痕蜗结篆，一帘花气蝶销魂"……她的老家是湖南湘潭，祖上传下一个小宅院，在雨湖边。父母退休后，闲来无事，养猫、种菊、栽瓜。朱青回家小住，曾写下《鹧鸪天》一词，极受人称赞："湖海归来鬓欲华，幽居草长绿交加。有谁堪语猫为伴，无可消愁酒当茶。三径菊，半圆瓜，烟锄雨笠作生涯。秋来尽有闲庭院，不种黄葵仰面花。"

假如朱青成了家，有了儿女，老两口还愁什么？但朱青居然就没看中一个可心的人，有地位、财富、品貌的男子多的是，但才情胜于她的人却难找。没有就没有，绝不勉强自己。

吴进笑吟吟地走进了装帧设计室，一直走到朱青的办公桌前，说："朱大姐，这几个封面都好，我服了。"

青朱放下画笔，问："好在哪里？"

"小说集《边境线上》，都是部队战士的处女作，封面用白底色，皎如雪原，几株剪纸式的树，稚拙如儿童画，与处女作意蕴相通，又预示将来必长成参天大树。"

"还有呢？"

"这本由资深老教授撰写的《唐诗之旅》，封面上盖满书名小印，如遍地花开，细打量，不论倒顺，线条都挺拔爽利，清新可喜，可见你对篆刻亦有钻研。"

朱青问:"吴总不应是专门来表扬我的,有事请吩咐。"

吴进说:"朱大姐冰雪聪明。我们想集中出一套当代企业家的旧体诗词集,作品也还过得去。当然是自费,书号费、设计费、印刷费包括赞助文化事业的款项,他们每本愿付十万元。只是有个要求,封面要华丽、富贵,而且指名要你这个大家亲自设计。这一套十本,就是一百万呵,社里需要这个业务,合同双方都签好了。"

"吴总,让我先读作品,好吗?"

"行。于诗一途,你是真正的行家里手。"

朱青花了十天时间,把这十本书稿全部读过了。她不明白这些事业有成的企业家,要出这种旧体诗词集干什么?无非想体现自己的儒商气质。可惜,他们在这方面缺少天分和才情,又不肯下大力气去钻研,连起码的造词遣句、平仄、对仗、押韵都多有破绽。朱青长叹一声:"我要为传统诗词一哭!"这样差劣的作品,居然指名要她制作书衣,真是冤哉枉也。

正是初夏,气温升高,阳光暖暖的。

出版社的男女老少,突然发现朱青的衣着变了,变得扎眼了。她穿的旗袍,不再是浅素的颜色,而是艳色的,或是浅色绣浓艳团花的。开全社员工大会,开部室小会,进食堂吃饭,都是这种装扮。尽管朱青容貌、气质都不错,但毕竟年近半百,属于"美人迟暮"了,还穿这种艳丽的衣饰,到底有些不合时宜。于是指指点点者有之,背后议论者有之。还有些好奇的人,利用工作时间,有意无意地到装帧设计室去逡巡,为的是看一看朱青。朱青很大方很从容,面不改色心不跳,该干啥还干啥。在社里一贯低调、谦和、不张扬的朱青,变得大红大紫起来。有人猜测,朱青是不是有男朋友了,恋爱使人头脑发热、言行不检,则是常理。社里不知是哪个缺德鬼,为朱青写了一首打油诗,居然传之甚广:"不是柔柔弱弱枝,也因时尚强支持。怜她重造荣华梦,惜是荣华衰歇时。"

只有吴进知道是怎么一回事,那十本书的封面,朱青一个也没有交上来,用的是软推暗拒之法。按她的资历、名气,即便是当面回绝他,吴进也无可奈何,可她就是不说,不想让领导失面子。却想出这么个委屈自己的法子,让吴进去体味去领悟。唉。他本想找朱青谈话,还要特意重申早已故去的著名画家吴昌硕,在上海卖画时说过的一段名言:"附庸风雅,世咸讥之,实则风雅不可不有附庸,否则风雅之流,难免饿死。"作为出版社的头,要考虑社会效益,也要考虑经济效益,这一百万的业务能随便放手吗?但朱青可以不考虑。再说又是个女同志,面子薄,一旦使起小性子来不好办。

吴进脑瓜子灵,最终想出了一个好法子。十本书仍由本社出版,装帧设计由朱青的部下分担;书上加一根窄窄的大红书带,书带上印几行朱青论装饰设计思想的语录,然后落下手写体的"朱青"两字。对企业家解释是因为朱青实在太忙,无法具体操作,但书带上落名也是一种补救。企业家们答应了。对朱青则说,语录可体现她的装帧设计思想,怎么说都行,只是委屈落个姓名。朱青默然点头。

朱青的语录是:"少装饰或不装饰是最好的装饰。看不出设计痕迹是最佳设计。"

这一套书很快就印出来了。

朱青又故态萌生,恢复了穿浅素衣服的常例。上班、下班、开会、吃饭,待在人丛里,不细看就找不出她来。有人猜测:朱青的恋爱结束了,到底没终成眷属。

朱青用楚简体写了一个条幅,装裱后挂在家中的书房墙上。用的是老子的一句名言:"道在瓦甓。"

儒 商

在古城湘潭,矮矮胖胖、年届半百的甄仁,称得上是个儒商。

他读过美术学院的国画系,当过中学的美术教师,然后辞职下海,先开一家专营文房用具的店子,发了不小的财。再在雨湖边的文昌街,租赁下一个中等规模的三层店铺,悬一横匾,上书"清香楼"三个隶书大字。一楼是门面,右边专卖名酒,除货架之外,漂亮的陈列柜里摆放着轻易不卖的名酒样品,如三十年陈酿的"茅台"、"五粮液"、"酒鬼"、"汾酒"、"杜康"、"北大仓"。左边呢,专卖纸、墨、笔、砚、印石、印泥、画框、镇纸、笔洗、砚滴、墨床……二楼、三楼是吃饭喝酒的地方,主打菜是湘菜。一楼门面两边的楹柱上,是甄仁撰稿,由名书家书写、名刻手雕刻的一副对联:"美酒佳肴舌尖滋味;宣纸端砚腕底风云。"

凡是有些文化情结的人,经过"清香楼",总会停下来,细看这副对联,内容不错,书法雅逸,刻工精妙!于是忍不住进店去,或买东西,或饱口腹。

甄仁要的就是这个效果,自古及今,酒与文学艺术缱绻结缘,怎么分得开?尤其是那些书画界的大小名人,酒催灵思,酒拓胸襟,酒壮腕力,佳作便联翩而来。

"清香楼"的总经理当然是甄仁,但许多具体的事却由他的夫人华莹主持,指挥、调理着楼上楼下的各类员工,站柜台、跑堂、司厨、收银、采买。甄仁的主要精力,是奔走于书画界联络感情,尤其是那些名门大户访之甚勤。此外,凡是有头有脸的人来此设宴,他必自始至终地操持,决不能出半点差错。

那一次年近古稀的雷默,在这里宴请外地的几位友人,幸而他在场,要不就会闹得不愉快。

雷默为湘潭书画院退休画家,虽退休了却声誉更隆。他是全国少有的书画界全才,诗、书、画、印都让人称赞。诗擅长古风,起承转合,气势宽博;书法诸体皆能,尤以隶书得彩,汉碑为骨,韵承金农、邓石如,敦实凝重,遒丽流妍;治印师法汉官印,又多有自悟,一刀既下,从不修润,神采奕奕;画风狂野,大写意花鸟色墨淋漓,天骨开张,特别是画松最让人称道,铁干铜枝,龙鳞粗拙、针叶鲜茂,虽每平方尺万元以上,他却不肯轻易出手。

雷默设宴,只点菜,不要酒,他自带三十年陈酿"茅台"两瓶,因为市面上假酒太多。

按礼数,甄仁先在大门外迎客,再引之入雅间,然后,亲自沏茶,并记下客人所点的菜名,退下,去厨房细细交代。酒过三巡后,甄仁自备一杯酒,到雅间来敬雷默及客人。雷默很高兴,又向客人介绍甄仁,还说:"他与书画界长年交往,亦是名人矣!"

甄仁谦和地笑着,说:"我只是附名人骥尾,惭愧,惭愧。请雷老和各位先生尽兴,有事只管吩咐,我在三楼的书房专候。"

不到一个小时,一楼的店堂里传来争吵声。接着跑堂的小伙子急匆匆前来告诉甄仁:雷默和客人把酒豪饮一尽,便到店堂去买酒,指名要陈列柜里的两瓶三十年陈酿"茅台",并说不管多少钱都行,但甄夫人执意不肯。甄仁心里骂了一声"蠢婆娘",忙去了店堂,把华莹拨到一边,拿出酒来,说:"雷老,贱内不懂事,请你海涵。这样的好酒,雷老不喝谁喝?我送给您,算是赔罪。"

雷默仰天大笑,说:"酒不能让你送,酒钱、饭钱用不了我的

一尺画哩。你的话让我快意,雅间靠墙立着画案,你很有心呵。快把大册页、色、墨、笔等物摆上去,我和朋友边喝酒边轮着为你作画,算是答谢!"

甄仁对华莹说:"快去!快去!"

华莹满脸堆笑,说:"好的。"

甄仁常备的大册页本,一折一面等于一张四尺斗方。书画家在酒酣耳热时,或遣兴或应甄仁之请泼墨挥毫。这些作品,为甄仁变了不少现钱回来。

这一次,雷默及友人又画了十张,因印章都没带,皆是以笔蘸曙红画上的印章,这就更稀罕了。遗憾的是,雷默没有画松树,画的是一篮荔枝,题识是:"大利年年。"

甄仁的母亲快满八十了,老人家和他的弟弟、弟媳住在乡下的青松镇。甄仁的父亲过世早,母亲这一生吃过不少苦,现在生活好了,他要隆重地为母亲贺寿。他备了一个大册页本,题签为"百松多寿图",自写了一个序,概说老母生平及儿孙的感恩之心,然后登门求请本地名画家各画一幅松树。

华莹问:"怎么不请雷老画松?"

"先让别人画,中间留出连着的两面再请雷老画,他不画就不好意思了。"

"你心眼比筛子眼还多。"

"呸,什么屁话。"

在一个春雨潇潇的午后,甄仁先打电话预约,再打的去了雷默的家。

两人坐在宽大的画室里,喝茶、聊天,气氛很亲和。接着甄仁动情地说明来意,再打开册页本,请雷默观赏一幅幅松画。

雷默说:"你的母亲住在青松镇,到处是青松翠柏,定然长寿。你孝心可嘉,以《百松多寿图》贺寿,想法很雅。"

"留下了两面,想请先生赐画,不知行否?"

"大家都画了,我不画则有违常情。早些日子,有个房产老板,说要为一个管城建的领导之母贺寿,愿出十万元购一张松画,我一口回绝了。这个老板和这个领导口碑都不好,我没有兴趣画。"

"雷老,我虽是商人,但还算文雅,也无劣迹,你的画无价,我不能说用钱买画,我是求画,请成全我这份孝心。"

雷默点点头,又说:"这本册页,等于是本书,有书名有序言,把贺寿的缘由都说清楚了。我的画只落年号和姓名,你看如何?"

"行。行。"

甄仁把留着的两面摊开来,摆放在画案上,然后用力均匀地磨墨。

雷默拎起一支毛笔蘸上墨,画几株南方的马尾松,再画峭峻的石头。松干、松枝、松针,凸出土的松根,多棱多纹的石块,下笔沉稳、快捷,浓淡兼施;再以赭色染干染枝,以绿汁涂松针,生意盎然。

甄仁说:"先生画松得南宋李唐之气韵,但他画的是北地之松,而你画南方马尾松,是多年写生所获,透出一个'秀'字,了不得,了不得!"

雷默说:"你没有说外行话,我很高兴。"

画完了,雷默题识:"松谷云根图。癸巳春应邀,雷默一挥。"

过了些日子,有人告诉雷默,在那位领导干部之母的寿宴大厅里,他看见了那幅《松谷云根图》,画的上边临时夹着一张大红纸条,上写寿者的姓名和贺寿者房产老板的姓名。

雷默马上明白了:他在册页上画的画,被甄仁挖截下来,重

新装裱后卖给了那个房产老板,房产老板再送去贺寿!

甄仁的孝心,不是缺失了一大块么?

"什么东西?"雷默狠狠地骂了一句。

钱　缘

纪雨与谈云,原本不认识,后来因钱而结缘,变成了知己。

这里说的钱,不是钞票,而是中国的古钱币。

中国古钱币,其形以外圆内方的居多,源自古人"天圆地方"的传统观念。晋人鲁褒说:"钱之为体,有乾有坤,内则其方,外则其圆。"故钱币有"方圆乾坤"之谓。专家评断中国钱币史有三千年之久,历朝历代的钱币应在七万种以上。当然,钱币不仅仅是外圆内方一类,比如刀币,就有东周时齐国的"齐刀"、王莽朝的"金错刀"等。

古城湘潭有个"古钱币收藏协会",属于民间组织,聚集着一大群会员,他们自称都是"钱眼里坐"的"发烧友"。办展览、搞交换、开学术研讨会、出版内部刊物《说钱》,都是业余、自愿、自费。

纪雨和谈云,都因各自的朋友介绍,成为此中的一员。他们都很忙,很少参加协会的各种活动,只是按月交纳会费,偶尔在《说钱》上结合自己的工作实践写点小文章而已。所以,他们没法子碰面和交谈,甚至谁也不知道对方的模样。

纪雨在一所机械技术学校当老师,教的是浇铸专业课。他之所以爱好收集古钱币,是因为古钱币都是用模子(古称范)浇铸而成的,以此为教具,可以把枯燥的专业知识讲得妙趣横生。

他的藏品中有不少"合背钱",如王莽朝的"大泉五十"、金代的"大定通宝"、明代的"天启通宝"、清代宝福局的"光绪通宝"等。古代铸钱全是手工操作,有时会发生"错范"的现象,错把两个面范合拢在一起浇铸,则成为两面都有文字的"合背钱";若两面皆无文字的,称"合面钱"。"模范"原本指制造器物所用的模型,以后引申出供人学习和效法的榜样。《法言·学行》:"师者,人之模范也。"

纪雨为人谦和,授课扎实、生动,很受学生拥戴。也不喝酒、抽烟,除生活的必需费用外,剩下的钱都用来购买古钱币,乐此不疲。以致到三十四、五岁,还没有成家。他太爱他的职业了,业余的爱好也是为了教学,又不肯存钱,将来的日子怎么过?他谈过女朋友,但后来都跟他"拜拜"了。有一个女朋友就要和他谈婚论嫁了,纪雨的父母给了他五万元钱去买家具、家电等物,他经过古玩市场时,看见有人出卖一批古钱币和《历代古钱图说》、《中国货币史》等书,开价两万元,他毫不犹豫地买下了。后来女朋友听说了,立刻甩手而去。

谈云是工商学校的女教师,教包装设计课,也常应商家之请搞包装设计。她喜欢从传统文化中提取设计理念和艺术因子,追求一种古朴、典雅、民俗风味深郁的格调。古钱币是她常作借鉴的物件,她的藏品不少,比如刀币中的"金错刀",她就有一枚,花五千元买的。她设计过刀币形、布币形、元宝形、外圆内方形的包装盒,或者在包装盒上点缀、铺陈各种古钱币图案,很让人耳目一新。她长相一般,穿着不讲究,加上眼界、心性都高,一转眼就三十二了,一直没找到中意的男朋友,成了网络上所称的"剩女"。同事背地里说她,活脱脱就是一枚金错刀币,贵重,但铜锈

斑斑。

《说钱》的这一期上，同时登载了纪雨和谈云的文章，编辑有意无意地把两文排在同一个栏目"藏钱说荟"中。

纪雨的文章叫《金错刀识伪》，谈云的文章叫《合背钱辨真》。两文都写得很有文化品位，而且有真知灼见。

纪雨说"金错刀"又名"错刀"，王莽铸于居摄二年（公元七年），刀上有"一刀平五千"五字，"一刀"二字系用黄金镶嵌而成，当时每枚可抵五铢钱五千，也就是黄金半斤。又说这种钱铸成后都经过锉磨，锉痕均匀有力，这是鉴定真假的重要依据。他曾有过一枚"金错刀"，请教一位专家时，专家说锉痕零乱，是假的。

谈云说"合背钱"正如邮票中的"错版票"，最为珍贵。但历代伪造者亦多，以两个相同的真钱为母体，各磨去另一面，再将两个钱粘贴成一个钱，正反两面文字相同，便成了"合背钱"。她曾买回一个"天启通宝"的"合背钱"，似比同类钱币略厚，便将其放在水中煮、夹在火上烤，然后平放用铁锤砸后再煮，果然两片松开，方知是赝品。

《学钱》每个会员都寄赠一本，纪雨和谈云自然都读到了对方的文章。纪雨寻出所有的"合背钱"，细细辨识，认定都是真品。谈云也拿出"金错刀"，考察锉痕无误，惊叫一声："这是真的！"他们都感到奇怪，对方的文章怎么像是为自己写的？于是都有了想和对方交谈的欲望。各人的文章后，都印着手机号和QQ号。他们不由自主地选择了QQ，似乎是久别重逢的朋友，没有任何心理障碍，兴致勃勃地谈起"钱"来。

"大文所说的'合背钱'，让我茅塞顿开，我把我的藏品照片发过来，请你辨真。"

"好呀。你论析的'金错刀'大文，我也拜读了，正好我有一枚,照片发来,请验真假。"

"'合背钱',个个精妙!"

"'金错刀'稀罕之极!"

"哈哈。"

"嘻嘻。"

他们在第一次聊天后,相约每晚十时后再聊,忙完了工作和学习,可以放松放松了。

一晃就过去了五个月。他们先是聊"钱",后来聊各自的工作、学习、生活,再聊到个人问题,一切都自然而然,顺理成章。

纪雨问谈云怎么一直没有男朋友?

谈云幽默地说:"他无意,我亦无心,正如两股道上跑的车,碰不到一块。"

谈云问纪雨:"你和她都要结婚了,怎么她就不干了?"

纪雨说:"'一往情深'可以拆开来用在我与她身上:我'情深',她'一往'。"

"嘻嘻!"

"哈哈!我们是否可以见面了?"

"行。我想:我们各带一个小礼物,送给对方作纪念,这样才雅。"

"好主意呵。"

星期六,上午九时,雨湖公园的烟柳亭中,他们几乎分秒不差地到来。正是初春,细雨霏霏。他们收拢伞,搁在石桌上。然后各自从怀里拿出一个小锦袋。

"纪雨,你猜我送的是什么?"

"谈云,你也猜猜。"

"你送我的肯定是王莽朝的'金错刀'币。"

"为什么？"

"岂不闻《文选·张衡＜四愁诗＞》中有一句是：'美人送我金错刀。'你不是美人是什么？"

谈云脸红了，说："你送的肯定是那一组'合背钱'。"

"难道不是一个而是一组？"

"因为我们有很多地方都心气相通……"

"对极了。"

纪雨突然张开手臂，把谈云揽到怀里，两人紧紧相贴，呼吸很急促。

谈云喃喃低语："我们像不像'合背钱'？"

"像……像……"

忘年约

那年春天的一个黄昏，五十岁的扶树生，与一个十一岁的小学生杜豆，蓦然相逢，并订下君王之约。一眨眼，七年过去了。

扶树生一辈子没结过婚，自从与杜豆成为忘年交，忽然感到自己再不是孤零零的一个人，而是有一个让他牵肠挂肚的孙子。孙子像一棵小树，一天天长壮、长高，成气象了。

那时候，扶树生在一家叫"诚信"的小超市当保安。超市开在城郊，隶属于一家国有工厂。他原本是锻造车间的锻工，长得高大结实，浓眉大眼，嗓门洪亮，但毕竟年纪大了，便安排到超市来当保安，活很轻松。这家工厂招聘了不少年轻力壮的农民工，他们的子女就在附近的一所小学读书。

黄昏,超市里很热闹。买日用品的,买肉食、蔬菜的,买香烟、点心的,人来人往。扶树生与另外几个保安,在超市各处巡查。他走过文具货架时,发现一个小男孩把一支钢笔和两块橡皮,塞进了自己的书包里。他没有立即去逮住,而是迅速地站在超市门口,等待这个小男孩。

当小男孩走到扶树生身边时,他双眉一挑,低声但却是严厉地说:"小朋友。你跟我来。"

小男孩吓得气都不敢出,乖乖地被带到保安的值班室里,扶树生迅速地关上门,值班室里就只有他们两个人。

"你把不该拿的东西拿出来!"

"我……没拿什么东西。"

"你再不拿出来,我就把你送到附近的派出所去!或者把你送到学校里去!"

小男孩的脸变白了,身子颤抖起来,然后从书包里把钢笔和橡皮拿出来,放到桌子上,含着泪说:"我的钢笔掉了,橡皮用完了。我问爹妈要钱买,他们不给。奶奶病了,正愁着没钱去看病。"

"你爹妈都是农民工?"

"嗯。"

"你叫什么名字?"

"我叫杜豆。爷爷,我是第一次犯事,我错了,请你不要报警,不要告诉学校,不要告诉我的爹妈,不要告诉任何人,好吗?"

扶树生说:"我可以做到。但是,你要写一个保证书,保证以后再不犯事。还要每隔半个月和我见一次面,谈谈你的表现和成绩。"

杜豆说"好。爷爷。"

杜豆的保证书是这样写的："我在诚信超市偷了一支钢笔两块橡皮，我错了。今后保证听爷爷的话，再不重犯。保证努力学习，做一个好学生。"

扶树生把保证书折好，放进内衣的口袋里，然后说："杜豆，钢笔和橡皮爷爷可以付款后送给你，你跟我来吧。"

杜豆的泪水夺眶而出……

半个月后，杜豆果然来到超市，带来了语文、数学的小考试卷，每门七十多分。

扶树生说："分数这么低？要加把劲呵。"

"好的，爷爷。前天我拾了一个钱包交给了学校，老师表扬了我。"

"拾金不昧，应该这样做。"

"奶奶去看病了吗？"

"去看了中医，是爹向同事借的钱。"

"杜豆，你替我带五百元钱给你爹，就说是超市一个爷爷捐赠的。他如果不信，可以让他来问我。"

"爷爷，我不能要……你赚钱多辛苦呵。"

"爷爷就一个人，没有负担，钱多着哩。"

杜豆的爹没有来问扶树生，也没有来表示谢意。扶树生不想知道是什么原因，反而觉得这样很好。

又过了半个月，杜豆语文、数学的小考成绩都上了八十分。扶树生很高兴，说："杜豆进步快，爷爷太高兴了。我去买盒巧克力糖，奖励你。"

杜豆小学毕业了。

杜豆初中毕业了。

杜豆上高中了。

高中的学习很紧张,扶树生对杜豆说,不必半个月来一次了,改为一个月来一次吧。高中三年很快就过去了,杜豆参加了高考,考得很顺利。

高考通知书发下来了,杜豆考上了一所本地的理工大学,学的是机械制造专业。

在一个星期天,扶树生特意在一家小饭馆,请杜豆吃饭。

"杜豆,我们两个的许诺都实现了。我一直保守着这个秘密,你一直在积极向上。你考上了大学,以后的路还长,要走好走稳。"

扶树生说完,拿出杜豆当年写的保证书。先让杜豆看了一遍,然后拿过来,用打火机打出好看的火苗子,小心地把保证书烧了。

"杜豆,我马上要退休了,你以后就不必来找我了,不能耽误你的时间。你家困难,我给你备好了学费。"

"不,爷爷,我会常来看你。我是你的孙子,孙子永远忘不了爷爷。学费我不要,学校会安排贫困学生课余干一些活,我可以自己挣学费和伙食费。"

"有志气。但你刚进校,这笔钱爷爷一定要给。"

"爷爷,我的好爷爷!"杜豆轻声哭泣起来。

扶树生手抚着杜豆的头,说:"杜豆,我的好孙子,你长大成人了,爷爷晚上做梦笑醒了好几回哩!"

邮　路

六十五岁的老作家宣寒暄，在临近中午的时候，走出了家门，去赴一个饭局。做东的是湘中市邮政局局长于干千，应该说他们才认识不久，但这种隆重的邀请他无法推辞，因为于局长说他的车，会在十二点差五分停在社区门边，有重要的事要在席间请教。

早些日子，于干千曾领着一群人，登门拜访了宣寒暄。当宣寒暄接过于局长的名片时，就喜欢上了这个名字，"于"、"干"、"千"三个字的形状很有趣，笔画稍有变化，让人浮想联翩。他猜想于局长的父母，应该是很有文化素养的人。于局长是来表示谢意的，感谢宣寒暄登在《人民邮政报》上的一篇文章《不断前行的绿色邮路》，上级领导做出批示，表扬了湘中市的邮政工作，还拨下一笔钱，让邮递员都把自行车换上了轻型摩托车，以便送邮件更快更好地为民服务。

宣寒暄眼下家住本市的南区火把冲吉平山庄。火把冲原本是一条山冲，嵌在庆云山中。这庆云山并不是一座山，是一片高高低低的山丘，峙立在城乡接合部的地段。在三十多年前，山里除零散的几户农家外，到处是野树、顽石、菜地、溪流。湘中市的建设速度惊人，繁华和热闹不断地膨胀，马路、住宅楼、商店、学校、医院，年复一年地拼命往山里挤压，这里也逐渐变成了人口稠密的市区。这吉平山庄不过是众多住宅区中的一个。宣家最先住在离火把冲不远的一条大街后面,是湘中市文化局的宿舍楼;因面积小、藏书多,拥挤得让人不舒服,十年前便搬到火把冲口旁边的一个社区,买的是一套三室一厅的商品房;三年后儿子结婚,年轻人喜欢这套房,于是老两口又在火把冲里面的吉平山庄再构置了一套房子。

现代通信工具太发达了,座机、手机、电脑几乎家家必备,很少发和收纸质信件。但宣寒暄却不同,出版社、杂志社、报社和友人给他寄刊物、报纸和书,还有寄稿酬的汇款单;他写作之外,还画画、写毛笔字,应友人之邀,得用挂号信寄出;每出了新书,得寄给各地友人。他与邮递员、邮局交道频繁,常跑火把冲内外这条邮路的邮递员,是个女同志,叫柏贞。

柏贞是邮局聘用的合同工,老家在乡下。从十八岁跑这条邮路,风风雨雨跑了十个年头。原先是踩自行车,现在骑上了轻型摩托车。她圆脸、短发,身体很结实,脸上笑眯眯的。她总是在上午十时到十一时之间,到达宣家的楼下。楼下每个单元都有铁门,铁门上嵌着各家的电动按钮。按响哪一家的按钮,就可以与这家通话,也可以请其遥控打开铁门进去叩访。柏贞每次送书报来,必按响宣家的按钮,告诉宣寒暄书报信件都塞进楼下杂物间的窗口里了。如果有汇款单要签字,她会请宣寒暄打开铁门,咚咚咚跑上楼送到家门口;如果有挂号信、包裹要寄,柏贞也会顺便带到市局去寄。快到年底时,宣寒暄往往要订来年的多种刊物、报纸,只要给柏贞打个电话,她就先在邮局发行部开好发票,再上门来收钱。叫她进屋喝杯茶,她就说:"不打扰了,您忙吧。"

宣寒暄很佩服柏贞的人品和工作态度,这为他节约了多少时间,省却了他多少麻烦呵。

国庆节前,《人民邮政报》的友人,约宣寒暄写一篇反映生活巨变的散文，他立刻想起了这条不断延伸的邮路，印证了一个城市的欣欣向荣，想起了在平凡的岗位上无私奉献的柏贞，这种敬岗爱业的精神很值得倡导。于是疾书为文，在电脑上发过去，几天后就见报了。

他没想到这篇小文章，居然有了不小的响动。

有一天，柏贞来送汇款单时，说局长在干部、职工大会上表扬了她，号召大家向她学习。然后，很羞涩地对宣寒暄说："宣老师，每年年底局里有一、两个合同工转为正式工的指标哩。"

宣寒暄说："但愿今年你榜上有名。你们局长过几天要上门来征求意见，我可以提醒他一下。"

"谢谢！"

几天后，于局长来访时，宣寒暄特意提到了这件事。于局长说："我们正在研究，谢谢你对我们职工的关心。"

一个月过去了。

今天于局长打电话来请他吃午饭，是不是要和他谈柏贞合同工转正的事？

社区门边停着一辆黑色的小车，当宣寒暄走近小车，车门打开了。于局长说："宣老师，请上车。附近有家干净的饭店，菜已经点好了。我没带司机来，为的是两个人谈话方便。"

宣寒暄点着头，心里马上明白：柏贞转正的事卡壳了，此中有难言之隐，只能和他一个人说。

当他们在饭店的一个雅间坐定，菜肴陆续摆上桌，酒瓶盖也打开了。

酒过三巡。于局长有些不好意思地说："今年上面只拨下一个指标，领导班子开会，讨论得很热烈，我提的是柏贞。我的副手，比我年纪大两岁，四十三了，他说柏贞还年轻，可以放在明年或后年考虑。他有个远房侄子也是邮递员,坚决要上这个人。我怎么办?得罪了副手,以后的工作不好开展啊。柏贞又是宣老师打了招呼的,而且柏贞的成绩有目共睹,我真犯难了。"

"那个人的侄子表现怎么样?"

"很一般,吊儿郎当的。"

宣寒暄冷冷一笑,说:"于局长不怕人议论?假如有人再写篇文章登在报上,你是一把手,这营私舞弊的责任,就全在你身上了。"

于局长狠狠地干下一杯闷酒,他原以为宣寒暄和柏贞非亲非故,喝几杯酒就万事大吉,想不到这老爷子真还拧上劲了。"宣老师,你给我指条道吧。"

"你想不想进步?"

"当然想。"

"你那个副手想不想?"

"他做梦都想。"

"四十五岁前他提不上正处,也就窝在这里别想动了。只有你往上走,才能给他挪出这个位置,对不对?"

"对。"

宣寒暄突然觉得自己很俗气,怎么说出这种话?但为了柏贞的转正,他顾不得这么多了。

"那么,你要和他深谈,让他舍弃这点私情,好好配合你的工作,名正言顺地让柏贞转正,让柏贞当本市邮政系统的标兵,然后向省里推介;要掀起一个学标兵的高潮,让整个工作出现崭新的局面。我不会袖手旁观,我会邀请一些新闻界、文艺界的朋友,来参观、学习、宣传。"

于局长又把两个杯子斟满了酒,说:"听君一席话题,胜读十

年书。谢谢你的诫示和指点！我想,当柏贞得到社会肯定,上级又格外关爱,让柏贞到全省各地现身说法时,宣老师是最好的见证人,也想让你加入这个宣讲团,好不好?"

宣寒暄一愣,随即平静地说:"可以。"他佩服于局长的脑瓜子灵,一下就把他"套"进去了,还不能不答应。

"宣老师,干了!"

宣寒暄说:"好。"

一杯酒灌下去,宣寒暄呛住了,猛烈地咳起嗽来。

雅　赚

冯楚声忽然收到一张梅红请帖,是县长汪晓廉派人送来的,请他到汪府去喝"头伏酒",这使冯楚声多少有点意外。

在这座江南的古城,冯楚声可说是个名人。他出身于书香门第,旧学根底很厚实,诗、词、歌、赋、曲,无一不通,又在北京读过几年大学,中西合璧,很可以一展凌云之志。他却回到了老家,做一个县立中学的校长。一晃就做了十年。许多人为他惋惜,觉得这是大材小用,他却淡然一笑:我为天下育英才,有什么可遗憾的。

他说得不错,十年来,县立中学确实出了不少人才!何况他举重若轻,并不如人们所想象的那样辛苦。执掌教务之余,常与城中的诗友彼此唱和,时有佳句传诵,他的诗大多与酒相关。他善饮酒,酒量好,酒德也好,即使醉了,也醉得很雅,决不会胡吼乱叫,倒常锦口绣心,吐出些好诗来,闻者无不击节赞赏。

他还有一癖,厌恶身上带钱,手上拿钱,每月发薪水,让校役领来,由校役安排他的生活所需(家里有一份祖产,无须他操心)。故而也闹出一些笑话来,有时一个人踱到酒楼,点几个爽口的菜,喝当地出产的"莲花白酒",很是尽兴,待到付账时,方知身上未带分文。他一笑,掏出金壳怀表交给堂倌,"当了!"当铺就在不远处,堂倌飞快地去当了钱来,抵了酒钱,还剩若干,他说:"给你去买件衣服!"第二天,再由校役带钱去把怀表赎回来。

他真是个雅人。

冯楚声还有件爱物,是一把纸折扇,一面是郑板桥画的风竹,一面是郑板桥写的六分半书,是祖父传下来的。夏秋之间,他手不离扇,或摇或不摇。凡看过这把扇子的,都说是一件精品,若质之于坊肆,价钱肯定昂贵。

冯楚声才三十五岁。

汪晓廉的家宴在古城是很有名气的。

汪晓廉年近花甲,年轻时是个风云人物,北洋时期做过参事,在官场混得很熟,但不是很得意。一年前,称年事渐高,思归故里,便通过各种门道,谋到故乡县长一职,于是带着历年积敛之家财,携眷南下走马上任。

他有个好厨子,叫朱三。朱三的样子很怪,三角眼,鼠须。他炒得一手好湘菜,刀工好,烹艺精,每一种菜都可以做得尽善尽美。年纪不小了,曾经服侍过汪晓廉的父亲,很得老太爷的欢心。老太爷任过民国政府的要职,病逝时,朱三居然作过一副受人称道的挽联。他小时候,很认真地上过几年私塾,书香气在烟熏火烤中居然还留得几许。那挽联是这样写的:"侍奉承欢忆当年,公

子趋庭，我亦同尝甘苦味；治国烹饪非易事，先生去矣，谁识调和鼎鼐心。"评判的人，只两个字：切题。确实吻合一个厨子的身份，同时又揭示出与两代主人的不同寻常的关系，褒奖他人也不乏自矜。

汪府的家宴开得很频繁，当然都有名义，有逢节气的，也有不逢节气的，请的都是城中的达宦贵人。因此，朱三的手艺也就有了施展的天地。凡赴过宴的人，都交口称赞。汪晓廉也觉得很有面子。

办家宴的效果，一是笼络了人，增进了情谊，大家都有个照应；二呢，汪晓廉并不蚀本，而且进项还不少。每次菜上了桌，酒过三巡，朱三便从厨房走出来，恭恭敬敬地问："各位大人口味如何？"汪晓廉便介绍道："都是朱三的手艺，过会儿我赏你。"赴宴的人都有身份，哪能让朱三白问这一句话，便纷纷从口袋里掏出赏钱来，十块二十块银圆，甚至拿出百元银票，极潇洒地赏给朱三。朱三便谢了，退下去。

朱三敢把赏钱私吞么？不敢！客人去后，便全数交给汪晓廉，汪晓廉随手赏他两个大洋。这已经很看得他起了，不给一文，他又能怎么样？

冯楚声捧着梅红帖子，看了好一阵，心想：他怎么会请我呢？我不过是一个中学校长。论级别实在不应得到县长大人这样的青睐；论名气呢，这位县长大人似乎对诗文之类毫无兴趣，他没有必要这样看重一个诗人；论年龄、资历，他是长辈，不必对后学如此抬举。若论交谊，就更谈不上了，至今为止，冯楚声和这位县长大人只有过一次碰面。

一月前，汪晓廉突然来校督察，对全体师生进行训话，无非是"敝人归还故里,立志刷新政治,兴办实业,发展文化,提倡新生活运动"之类,听得人头皮发炸。尔后,汪晓廉到校长室小憩,他一边品茗,一边夸奖冯楚声治校有方,一双眼睛却盯在冯楚声手中的扇子上。

"冯校长,可否借你的扇子一观?"

冯楚声点点头,把扇子递过去。

汪晚廉接过扇子,左看右看,上看下看,连连称赞:"不错,是板桥真迹,好,好。老夫就没有这样的好东西。"

汪晓廉一边说一边用眼睛睃着冯楚声。

冯楚声高兴起来,说:"是件好东西,祖上传下的。"

汪晓廉又恋恋不舍地看了一阵,才把扇子递给冯楚声。然后,对随从高喊一声:"回县衙!"

冯楚声放下帖子,对校役说:"去给我订辆洋车,明天中午我去汪府喝'头伏酒'。"

日子过得真快,春去夏来,小暑刚过,就入头伏了。古城很看重这个日子,讲究吃子姜炒叫鸡、子姜炖乳狗,讲究喝"莲花白酒"。

第二天临近中午时,冯楚声摇着扇子,坐洋车到了汪府。一个中年家人恭谨地迎住了他,说:"冯先生,请。"

汪府实在是一个好地方,满院子花木葱茏,空气里飘着很清新的气味。花径是鹅卵石铺砌成的,很洁净。花树间,有鸟声啁啾,一粒一粒,如晶莹的玻璃珠子,滴落在空明里。

宴席设在一个傍着荷塘的凉榭里。

家人唱一个喏:"冯大人到!"

汪晚廉迎到阶边,一拱手,说:"冯校长赏光,老夫荣幸之至!"

接着,汪晓廉将冯楚声向先来的客人一一介绍。

冯楚声哪里记得住这些名字,只知道来的是本城的商会会长、钱庄老板、警察局长、公路局长、法官、律师……。

"来,来,来,大家入席。"

于是宾主按次序坐到八仙桌边。

"叫朱三赶快上菜!来,先给各位大人斟上酒。"

女佣将"莲花白酒',斟入一只只杯子。

不一会,第一道菜上来了,是子姜炒叫鸡,黄黄的姜丝,红红的椒丝,间杂在嫩黄的鸡块之间,香得让人咂嘴。接着,又端上姜丝炖乳狗、白藕小烧肉、荷叶蒸鱼、辣子爆炸红鲤、清炒甲鱼块、苦瓜炒蛋、莲子羹、快熘肚尖、太极图(黄鳝)、臭豆腐……,满满腾腾一桌子!

"来,各位大人,先干一杯,再尝尝朱三的手艺。"

头杯酒通通干了下去。

冯楚声尝了一块鸡,很嫩,很香,很脆,不错,火候掌管得恰到好处。

"冯校长,你是见过大场面的,怎么样?"

冯楚声冲着汪晓廉点点头,说:"神品!"

众人皆笑。

冯楚声每种菜都尝了尝,都不错。暗想:他汪县长好口福。

炖乳狗肥而不腻,荷叶蒸鱼别有一番清润,辣子红鲤辣中含甜,臭豆腐焦而不枯,太极图脆中含油……

酒过三巡。

朱三满脸是笑地走过来,说:"各位大人,可否合口味?"

大家都叫好。

汪晓廉说:"朱三卖了力气,过下子我有赏。"

商会会长是个大胖子,吃得满头是汗,叫道:"这'头伏酒'吃得有意思,朱三,我赏你二十块大洋。"

朱三说:"您老看得起,朱三谢您了。"

大家都拿出了赏钱。

轮到冯楚声了,一摸口袋,没带钱——他从来不带钱,心便突突地跳起来。

所有的目光都射向他。

冯楚声装作去掏手帕,又按按口袋,怀表都忘记带了!

汪晓廉随意地说:"来,大家喝酒,大家喝酒!"

众人都没有端杯子。

冯楚声哈哈一笑,站起来,对朱三道:"他们都赏你钱,我不赏钱,我赏你一样雅玩。听说你朱三也是读过些书的人,来,我赏你这把扇子,郑板桥的真迹!"

汪晓廉说:"冯校长赏得太重了。朱三,还不谢过冯大人!"

"谢冯大人!"

朱三接过扇子,朝大家点点头,说:"慢慢品尝。等大人们喝好了,我还有一道点心上来,叫荷花糕,是用新鲜荷花捣碎,和着糯米粉、白糖蒸的。冯大人,您一定要尝尝。"

朱三飞快地走了。

冯楚声觉得很燥热,想摇一摇扇子,猛然悟道:扇子已经没有了。

又过了几天,汪晓廉手上摇着一把扇子,一面是郑板桥的风竹,一面是郑板桥写的六分半书。看过的人都说:那真是一件好东西!

重访长城

我站在八达岭的长城上。

这是一个寒冷的初冬的早晨。朔风掀动着一大团一大团浑黄的沙尘，自遥远的目力不可及的地平线，呼啸着扑倒在面前来，猛烈地摇撼着铁青色的长城；大颗大颗的沙砾击打在墙身上，唰唰地响得揪心。第一场雪还没有下来，但天和地已经感受到了这边塞的凛寒。那一峰连一峰的凝重的山脉，苍郁地光裸着，将一根根强劲有力的筋络凸现出来。长城就横亘、盘绕在这样的山峰之间，协调着北国的风景。

这会儿来看长城的游人实在是很稀落的。秋天才是好时候：高远的天穹，晴朗的阳光，还可以见到经霜后的一树、两树红叶；那城台，那关隘，那烽墩，那券门，那甬道，一派肃静的青灰，叫人觉得可心的舒服。

我却偏在这时候来。四十多年前我也是这时候来的。不是乘车，是步行。长城的每一处都闪着火红的旗帜、火红的袖章；军装是一种最时髦的装束（尽管没有徽章）。红与绿的交映，使苍古的青灰，显现出难堪。

一页难堪的历史。

到北京出差不是一次两次，但我不敢到长城去。可心上的负疚感，却随着岁月的流逝，渐渐地厚重起来。终于在这次，顶着严寒来到八达岭。长城，你已经不会认识我了，当年我刚跨入青春的门槛,而现在却是已过六十的人了。

我是为了却一桩心事而来的。

长城上渐渐地多了些人,可见我还有不少的知音。冬天总让人变得臃肿,一个个圆圆的黑点在青灰与浑黄的底色上滚动着,显得很柔弱无力。

长城却是太结实了,墙的外壳全是用整齐的巨大的条石筑成,城顶上一律地铺着方砖。当年,戍卒的脚步和马队的铁蹄曾在上面响过,铿锵铿锵地透出一股刚劲之气。若是外敌来犯,远处的烽火台燃起报警的烟火,响起沉宏的炮声,那场面是何等的壮观。举一烟鸣一炮,表示来敌一百人左右……万敌前来,举五烟鸣五炮。可是那时,当我们的民族经历一场巨大的灾难时,却没有人去举烟鸣炮!

历史,也有它的悲哀。

在风雪中登上长城的我们,却没有悲哀,只有自豪,只有骄矜——我们是从天安门广场潮汛般的欢呼声中走到这儿来的。

在一个垛口,我用小刀在青砖上刻下"红卫兵孟小武到此"。刀刃撞击着青砖,格格地响,依稀闪出了一个淡红的小火星,还没有看明白,它就熄灭了。

几步远的地方,出现了一个老军人,肃穆地站在一个垛口前,然后摘下军帽,极目远方。遒劲的朔风,吹拂着他满头的白发,白发很硬挺,似乎有金属般灿亮的声音从每一根发根下发出。他眼角的余光,分明沉重地投射在我的手上。我的手感受到一阵灼热,痉挛了一下。

他在看什么? 他在想什么? 不知道。我莫名其妙地记起了语文课本上的两句古诗:"秦时明月汉时关,万里长征人未还……"我匆忙地刻完了最后一笔,飞快地躲开了他。

他一身的威严使我害怕，他满脸的忧郁又让我久久难以忘怀。

多少年的光景，从手指头上数了过去。长城的整体印象依然存在，但是，我的名字是刻在哪一个垛口，却忘记了。因此，我需要寻找。

我已经寻找了许多年了，不仅仅在长城上。

是这个垛口吧？不是。

每个垛口都是一个样儿，青灰色的，像一个"凹"字，极严峻。

一群年轻的姑娘，系着各色的头巾，叽叽喳喳地说个不停，她们想去抚摸垛口粗糙的棱面，细嫩的手指还没有触近，马上就弹开了。她们太年轻，才十七八岁吧，而长城是太古老了，古老得使人产生一种卑微的心理。

我步上了一个城台，城台的那一头，又是一个一个的垛口。如果真有神灵存在的话，我要乞求他指点我，找到那个刻在青砖上的名字，然后用小刀刮去它。我的名字是不配刻在长城上的。长城是历史，一个人和历史相比，是太渺小了，渺小得如一粒沙尘。

一个蓄小胡子的年轻人，正用小刀在城台上的方砖上刻字，不用说，又是"到此一游"。我走过去，他一点也不在乎，还对我友好地笑了一下。真想阻止他，可我该说些什么好？我不是也刻过吗？我是虔诚地刻，他是随意地刻，区别就在这里。总有一天，他会后悔的，当他懂得长城以后。

我缓缓地步下城台，去寻找刻着我的名字的那个垛口。

一群佩着校徽的大学生在照相。照漫漫风沙里的长城，也许很有意思。正面、侧面、背面，任何角度上的长城，都可以作为历史和人生的背景。

我终于记起来了,我刻名字的垛口,离这个城台不远。我勾着腰,沿着一个一个的垛口,仔细地寻找。

寻找是一种痛苦,也是一种欣慰。

找到了!是这个垛口。

模模糊糊地只找到一个"小"字,其余的字已经剥蚀了。我用发颤的手,抚摸着这一个残存着的字,冰凉冰凉的。塞外的冰雪与风沙,该是多么严酷与无情,具有一种不可言状的伟力,仅仅一万多个日夜,就毫不费劲地把我的名字从长城上抹去了。

是历史刮去的。还用得着用小刀去刮吗?

我的心猛地一阵轻松,随即又沉重起来。

抬起头来,向风沙滚滚的旷野望去,影影绰绰驰过一串红如灼炭的星点,是马队。金石相击的蹄声,从我的心坎上响过去,由近而远地直传向不可企及的天涯……

情　癫

"工友"又叫"观众点播"。这后一个外号,只有杨娟娟一个人知道。

"工友"这个名字第一次出现,是在"文化大革命"闹得正紧张的时候。各个战斗队的大字报,庄严地占领着木工厂的每一块战战兢兢的墙。在这一片硝烟火海中,忽然出现了一张署名"工友·羊大方"的大字报,内容是讲他如何拒绝过几个女性的追求。这真是一支可人的战地浪漫曲,与当时的气氛很不协调,不倡导

破"四旧",不斗私批修,于是群起而攻之。而"工友"也显示出从未有过的顽强,用一张一张大字报进行反击,不过内容与前一张大致相同。大家才猛然醒悟,一切都是徒劳的,只好再不搭理他。

"工友"毕竟给人留下了印象,他定是一个精神有问题的情癫。

果然不久,"工友"便开始对全厂一些未婚的女性,发起了各种各样的攻势。比如在通往子弟小学的水泥路上,以及教室的黑板上,不断出现他对年轻的女教师们的景仰之词,或是半通不通的短柬,或是东拼西凑的诗章。字迹虽然歪歪斜斜,但写得很慎重,写得很真诚。有个女教师,住在郊外,每逢星期天,清早必乘公共汽车回家,"工友"就暗暗地跟踪了去。那女教师的家坐落在郊外一座小山包下,"工友"坐在山头,眼瞪瞪地注视着这栋农舍,女教师到井边挑水了,女教师坐在窗前看书了,女教师一家人吃饭了……从早晨一直守到天黑,才惆怅地回到厂里。

"工友"既是一个光棍,当然得住在单人宿舍里。他每顿只在食堂买饭,菜则自己炒——三块砖支一个锅,厂里废木柴多得很,任他烧。炒的多是小菜。浓烟滚滚,呛得他直咳嗽。他从不跟人交谈,性格很孤僻。

他特别喜欢二车间的一个钉箱女工,叫杨娟娟。娟娟长得很标致,脸很白,稍稍透一点红,身材窈窕,尽是风情。很多小伙子喜欢她,喜欢得不知道怎么去献殷勤。有一天,娟娟哭哭啼啼进了政工组,把一封很重的信交给年轻的组长万崇良。是"工友"的求爱信。万崇良看了后,很恼火地说:"这个家伙,真没名堂。"然后,又安慰了娟娟一阵。娟娟擦干泪,婷婷娜娜地走了。那背影真好看。万崇良狠狠地发了一回呆。

但是,"工友"的求爱信越写越勤,三天一封,五天一封。写好了，贴上邮票，骑自行车到邮局去发。娟娟也就三天、五天地往政工组跑，交信，听万崇良骂"工友"，听沁甜的安慰。

万崇良有一天把"工友"叫到政工组，关起门，把一大把信往桌上一甩，狠狠地训了"工友"一顿。末了，他说："不许再给娟娟写信，不像话，人家还是个姑娘！"

"正因为她是个姑娘，我才去求爱！""工友"说完，很矜持地走了。

信还是不停地发，娟娟也就不停地往政工组跑。终于有一天，万崇良和娟娟宣布要结婚了。不久，他们真的结了婚。

"工友"再没有给娟娟写信。从那天起，"工友"好像瘦了，头蔫蔫地垂着，眼睛更加暴突。以后，他似乎再没有给哪个姑娘写过信。

十多年过去了，"工友"快五十了，还是一个单身。舍不得吃，舍不得穿，也不见他跑储蓄所。

娟娟的孩子都有十岁了。但她的生活似乎并不美满，和万崇良每隔几天就要吵一次架。听说，万崇良在外面有了"艳遇"。

每个星期六的夜晚，万崇良必打扮得齐齐楚楚，到市里文化宫的舞厅去跳舞，很晚才回来，有时就干脆不回来。娟娟待把家务料理清楚，招拂孩子上床睡了，就打开电视机，孤零零地坐在沙发上看。什么节目她都看，不管有意思还是没意思。电视有许多频道，中央台、省台和市台。她喜欢看市台。有一个星期六的夜晚，"观众点播"节目中，出现了"羊大方"的名字，他点播的理由是："他怀念从前的恋人，在她生日即将到来的时候，为她点播一支《我永远记得你》的流行歌曲。娟娟的脸一阵发热，明日就是她的生日。

屏幕上出现一个年轻俊美的男中音歌唱演员，拿着一个话

筒,声音缓缓地从胸膛里流出来:

我永远记得你记得你,
尽管我投出的信永无消息,
在早晨望红霞记起你的红围巾,
在夜晚望星星想起你的黑眼珠,
你是否还像夜莺一样歌唱?
但愿你永远没有悲伤没有叹息……

娟娟忽然嘤嘤地哭了起来。

以后,"羊大方"常常出现在"观众点播"的节目里,理由也是各式各样的:"三八妇女节"到了,"情人节"到了,或者……

听了歌声娟娟总是要哭。有一次,孩子问:"妈妈,你哭什么?"

娟娟哽咽着说:"哭自己……"

牛少爷

高高瘦瘦的个子,脸色白里透一点青,下巴上几根稀稀拉拉的胡子,走起路来一步三摇,绝似舞台上老生演员的风仪。这就是牛少爷。

牛少爷在这家上千人的木工厂名气很大,走到哪里都有人喊他这个绰号,他总是笑呵呵地应着。其实他只是机木车间的一个勤杂工,扫扫场地,备备开水,什么技术活也干不了。

他并不姓牛,因为脾气很犟,便与"牛"字结缘;又因旧社会当过几天阔少爷,故得了这个雅号。

一解放他就参加工作进了这家木工厂,但他对学技术毫无兴趣,尽管他读过中学。他是一个很痴迷的湘剧爱好者,而且有相当的研究,什么戏,什么角,唱、念、做、打,有什么讲究,可说是如数家珍。五十年代株洲有一座解放剧院,常有外地和本地的湘剧班子来唱戏,牛少爷被剧院聘为评戏员,可以持证去看戏而不用花一分钱,这一点令工厂上下十分艳羡。第二天上班,工间休息,牛少爷必向同事细细论说演戏的得失,剧本如何,演技如何,音乐如何,布景如何。

许多年后,我设想牛少爷若是在戏工室或某个戏剧杂志工作定是如鱼得水,或许会有一番造化。

可惜牛少爷永远是一个勤杂工,这种"存在"决定了他的悲剧命运。没有技术,工资调不上;出身不好,自然不会因他有文化而提拔当干部;病病歪歪的身子,在健壮的工人队伍中只可能是一个被漠视的角色。

一九六五年秋,我到木工厂工作时,牛少爷不过四十出头,却已显出老态。他的妻子没有工作,孩子又多,加上毫无理家能力(也许是不屑于此),日子过得相当艰难。家徒四壁,床铺是几块木板搁在几块砖上,被褥破破烂烂。牛少爷却很乐观,照样沉溺在他酷好的湘剧里。"文革"中没有剧团演湘剧了,他显得很落寞,整天难说几句话,只是手持大扫帚把场地扫了又扫。

有一年年关,厂工会补助他两床棉被,他卖了,再买回一套锣、鼓、钹和一支唢呐。他设计并制作了一个奇特的木架子,脚一踩,锣、鼓、钹齐鸣,双手握唢呐吹得甚是得意,都是湘剧脍炙人口的曲牌,有板有眼。老婆、孩子拥着破被坐在他旁边,听得有滋

有味。

工会领导叹口气：哪有这样过日子的！

牛少爷的身体越来越差，做勤杂工都吃不消了。幸而木工厂防火是一件大事，便让他戴一个红袖筒当了防火员。谁在厂区内吸烟，抓住了罚款五角。牛少爷戴着红袖筒各处乱转，两只眼睛很机警地看着别人的手——看夹没夹烟卷。

有一回，牛少爷站在厂门口，恰逢一个厂负责人一手拿着烟卷正准备熄火，一只脚刚刚跨进厂门。牛少爷冲过去，一把逮住他，任他怎么说，非得罚款五角！牛少爷说制度是你们定的，不罚你我不好罚别人！结果是牛少爷胜利了，收下钱，撕一张票递过去。那个厂负责人接过票揉成一团，狠狠地丢在地上。

病歪歪的牛少爷有时很硬气。

一九七八年，我调出了木工厂。

又过了些年，牛少爷因病而逝。

但不知他的儿女们还爱不爱看湘剧？

祁神手

木工厂的干部、工人或他们家的什么人，只要是男的，一旦瞌眼辞别这个世界，便会有人说："快叫祁神手来！"

祁神手是锯木车间的工人，但他不上锯台锯木头，怎么学他也学不会，他做的是勤杂活，把大棵的原木，用铁平车装进车间，码到锯台上；或者握一把大扫帚，扫锯台四周的木屑、锯灰。他长得横势,蛮力气是有一把子的,一张脸又宽又大,且红。从早到晚,很少说话。他在的时候,大家觉得他似乎不在,连刚进车间的学徒工也看不起他——锯木不是什么了不起的活路,学徒工学上三五个月,就成了"师傅"。他一点也不计较这些,做完了该做的事,就默默地坐在车间一角,闭眼养神,很是悠闲——其实也有一点委屈,看着人家把一根根的原木,用电锯锯成各种规格的方料和板料,佩服极了。

他叫祁伟明,之所以叫他祁神手,因为他有一样绝活,别人绝对干不来。他擅长给死人抹尸,抹得干净,抹得利索。特别是给死人穿寿衣,他那双手特别的灵巧,尸体硬了,手脚僵固成各种姿势,他却可以轻巧地把寿衣穿上去,并把手脚的位置摆正。干这活计时,他不需要帮忙,一个人干得轻轻松松。从死人身上脱下的衣服,他打成一个卷,丢在门角。待寿衣穿上了,主人递过感谢他的"包封",他接了,然后弯腰拾起衣服卷,高高兴兴地走了。上山入土或火化前的白酒席,他是当然的入席者,主人不要请,他来就是——这是规矩。

那些死人身上的衣服,他拿回家洗干净,晒干,就送到旧衣店去换钱。

想起祁神手的时候,必须是家里有了丧事。

有一回,车间发电影票,组长去领票只领了十张——其实是十一个人。票发了,才想起祁神手没有。祁神手憨憨地笑了笑,什么抱怨的话也没有。

据我所知,祁神手在干这种活计中,有两次没有收"包封",有一次没有要衣服。

"文化革命"闹得最厉害的时候,木工厂的老干部吴厂长,被造反派毒打后,遍体是血是伤,一个寒冷的冬夜悬梁在禁闭室死

了。第二天,全厂沸沸然开大会声讨一番后,立即决定拖到火葬场火化。火化的前一夜,尸体停在吴家,一家老小哭得哀哀的。没有人去喊祁神手,一个"走资派"还用得着一个工人去抹尸、穿寿衣么?

祁神手不知什么时候,走进了吴家。他铁青着脸,一句话也不说,叫吴家准备好衣服后,便让他们都避开。他给吴厂长仔细地抹尸。棍棒、皮带留下的伤痕,恐怖地密密地排着,他边抹,边淌下泪水。然后小心翼翼地给吴厂长换上干净的衣服。临走,他拒不收"包封",只拎走了那包换下的血水浸满的衣服。

有人斥责他怎么给"走资派"干这活计,他说:"总得让他干干净净上路去。"

过了几年,文化大革命结束了,开始清查坏人了。祁神手忽然交出了吴厂长身上脱下的血衣,并说,吴厂长身上的伤痕一共是一百五十八处,他数过三遍,一处不多,一处不少。

另有一次是我的师傅汪春寒死了。

我在汪师傅手下学过磨电锯条,一学三年。后来他当了脱产的车间主任。因冬天湘江水位下降,输送木头的输送带裸出水面,得把木排上的原木拆散,扛到输送带上,再运上岸去。师傅患着高血压症,和一帮年轻人下江干了一天,到晚上回家,饭也没吃,就靠在沙发上睡了过去。一睡就再没有醒来。

祁神手来了,神色很悲怆。当时我正站在师傅的旁边,看着他给师傅脱下衣服,抹干净身体后,忽从怀里掏出一件新汗衫,准备给师傅穿上。我说:"老祁,他家都准备好了。"他似乎没听见,依旧将汗衫给师傅穿上去。他自言自语地说:"老汪,好多年前,我还年轻,做事舍得出汗,汗衫只要几天就沤烂了,工资少,只好光着身子穿工作服。这件事,不知怎么你知道了,竟买了一件送我……你在平常都想得起我……我那晚,硬是睁着眼到天亮……几多喜欢啊……"

我忽然感到羞愧。

待把一切弄好,他把那包衣服交给师傅的长子,说:"每人留一件,好常常想想你的父亲。"

"包封"他无论如何不肯收,走时,眼圈红红的。

又过了些年,祁神手因患癌症故去了。木工厂没有谁会抹尸、穿寿衣,也没有谁想起还有这一件事该做。

祁神手死的时候,我早已调离了工厂。是师傅的儿子到我家来做客时,告诉我这个消息的。

"大哥,你知道吗?祁神手死了。"

他说得很平淡,好像是一件极遥远、极平常的事。

我蓦地跳起来,吼道:"谁帮他换的衣服?'

"没有谁。"

"你怎么不去?"

他喃喃地说,那时他在电影院看一部武打片……

老京胡

在20世纪40年代,湘省的古城湘潭,是一个十分热闹的水陆大码头,不但人口稠密,经济繁荣,娱乐业亦火爆兴旺。以戏班子而论,唱湘剧、湘昆剧、花古戏、京戏的,就有十好几个。京戏班子中,庆和班最为人称道。

庆和班名角多矣,生、旦、净、丑,都有拔尖的人物,唱、念、做、打,各有各的高招。就连"文场"、"武场"的琴师鼓佬,都不是等闲之辈。琴师中的头把交椅,则非富方中莫属。

富方中老家在北京,班里上上下下,都尊称他为"富爷"。他出身梨园世家,已故的祖父和父亲,都曾是京胡高手。从十来岁开始操琴,一转眼过去了四十多年,富爷快六十岁了。

富爷的模样,确实不敢恭维,个子枯瘦,小眉小眼,是典型的猴相。性子却耿直,说话呛人,坦坦荡荡,眼里揉不得半粒沙子。他天生就是块拉琴的料,手指特别长,善用下把胡琴,指法好,包腔圆,琴音嘹亮,花点动听,连处天衣无疑,断处斩钉截铁。此外,他接弦快当,定弦功夫独到。内行评价他的拉琴,概括为四个字:刚劲险奇。

富爷这种拉琴风格,特别适合老旦的唱腔。老旦用的是本嗓,而唱出来的腔调,却是青衣与老生腔调的互相掺用,且翻高的地方极多。而一抑一扬、一收一放,全是走的奇峰峭步。

富爷说:"我拉琴的精气神,得益于这把老京胡。"

老京胡传自他的父亲,有七八十年的历史了。杆、筒、轴、弓子,无一处不妥帖,通体皆黑,全为松香汁包裹,只绕"千斤坠"处,因受左手虎口的摩擦,仍露出本质——竹色已变深紫,光润如玛瑙。虽然筒上的蛇皮,换过许多次,但琴声依旧朗润激越。

驻扎在湘潭城外的国军第三十九军军长严剑寒,以及军部的后勤参谋严子雄,是富爷的铁杆粉丝。

那时日寇已攻陷武汉三镇,矛头直指长沙。三十九军受命移防湘潭,以便在危急时刻,作有力的后援。

严军长年过五十,瘦瘦高高,脸相慈祥,生就一张婆婆嘴。他的母亲是个京戏迷,从小就受其熏陶,自然而然就成了一个京戏票友。他年少丧父,由母亲于艰难中抚养成人,读的是军校,尔后投身行伍,历战多矣。母亲在世时,他是个孝子,一切唯母命是从。母亲辞世后,敬母之情绵绵不绝,背着人常站在母亲的遗像前泫然泪下。这一份情愫,被他移借到老旦戏上,如《探母》、《岳母刺字》、《徐母骂曹》、《百岁挂帅》、《太君辞朝》等,他百看不厌也百学不厌。这些关于忠孝礼义的老旦戏,既可寄托他的孝思,又能使他励志自强。

庆和班的老旦戏别有系人心处,善为老旦戏拉琴的富爷手上有绝活。严军长常在闲暇时,轻装简从,进城去买票听戏。他通过朋友介绍,诚心诚意与富爷订交。第一次见面时,俩人就似故友相逢,没有丝毫陌生感。

"富爷,一听见您的琴声,我的喉咙就痒痒的了。"

"严军长,以您的骨相,是个唱老旦的角,想不到却能统领千军万马。"

"哈哈,来日与倭寇对阵,我浑身都是杀伐之气,您信不信?"

"那是当然。"

"我有时'票'几段戏,还想劳富爷烘托。"

"好。好。"

严军长请富爷来军营拉琴时,会慎重地下帖子、派吉普车,由马弁殷勤地接来。富爷回去时,严军长会恭恭敬敬送上一个沉甸甸的包封,内封大洋十块。

严军长爱听京戏、爱唱京戏,他的远房侄儿、后勤参谋严子雄,岂能熟视无睹。可惜他三十岁才出头,生得又矮又胖,学哪个行当都没有看相,嗓子因酷好抽烟喝酒,弄得有些嘶哑,于是就瞄上了拉琴这门手艺,也下力练了好些年。他希望成为一个好琴手,可以随时为叔叔伴奏,讨叔叔的欢心,将来给他一个更好的

位置。

部队驻扎在湘潭后,严军长如此看重富爷,严子雄便要拜富爷为师。

富爷说:"你在军旅之中,拉琴不过是玩玩而已,拜师没这个必要。你有什么疑难之处,我保证有问必答,行不行?"

"好……吧。富爷,您拉的这把琴,能借给我玩几天吗?反正,你应该还有另外的趁手好琴。"

"行……啊。"

中秋节到了。据军情分析,再过十来天,三十九军将面临一场恶仗。

严军长打电话到庆和班,想请富爷来聚一聚。庆和班的人说,富爷突然辞职,回北京乡下的老家去了!

严军长一愣。长沙要打大仗了,湘潭也将烽烟四起,富爷回老家去,这选择没有错。但细细一想,不对呀,早些日子富爷还说,要亲自为他送行,用琴声傍着他痛痛快快唱几段,把胸中的豪气燃旺。怎么说走就走了呢?连个招呼也不打,富爷不是这种人啊。

中秋节的夜晚,圆月当空,清辉四野。

严军长和部下聚过餐、喝过团圆酒后,带着薄醉,由严子雄陪着,回到军部。大战即将开始,他已与部下约定,要殊死与日寇拼搏,何惜慷慨捐躯!他觉得胸中豪气勃勃,喉头憋得极为难受,想喊想叫想唱!

眼前没有拉琴的富爷,只有一个略知琴理的严子雄,他叹了口气。

严子雄眨巴几下眼睛,说:"叔叔,您唱吧。我受富爷点拨,琴艺大有进步。我去取琴来,好吗?"

"好。"

不一会,严子雄取来了琴。

严军长站起来,说:"《岳母刺字》,'西皮导板'转'慢板'。"

严子雄迅速地调弦、定弦,然后拉过门。严军长一亮嗓子,放声高唱:

鹏举儿站草堂听娘言讲,
好男儿理应当天下名扬。
想为娘二十载教儿成长,
惟望你怀大义扶保家邦,
怕的是我的儿难坚志向,
因此上刺字永记在心旁……

唱着唱着,严军长产生了错觉,好熟悉的琴声,酷似从富爷的那把老京胡里迸发出来!他突然收住嗓门,急步走到严子雄面前,弯下腰去看那把京胡。

"这京胡是富爷的?"

严子雄脸色变了,说:"是我向富爷借的。"

"借多久了?"

"两个多月了。"

"你说借多久?"

"借几天。"

"富爷问过要还吗?"

"问过几次。"

"你怎么回答?"

"我说,让我再为叔叔拉几次琴吧,富爷您不能这样小气。"

严军长狠狠地甩了严子雄两个耳光,骂道:"小畜生!你明借而赖着不还,不就是抢么?坏了我的名声,也坏了三十九军的名声,连一把京胡都想强占的人,还能为国为民去打日寇么?这京胡是富爷的传家宝,是他的饭碗,用了几十年的玩意一旦没有了,他能不心痛么?怪不得富爷不辞而别!来人啦——"

几个卫兵齐刷刷跑了进来。

"吹集合号!我要再一次当众宣布纪律,赏这小畜生四十军棍!我是他的上司和叔叔,责不可免,也要挨二十军棍。明天,派两个人便装携琴去北京乡下,向富爷当面致歉,交还京胡!"

……

一个月后,富爷回到了湘潭。

三十九军在那场与日寇的恶战中,死伤惨烈。严军长死了,严子雄也死了。

在一个无星无月的夜晚,富爷端坐在严军长的坟前(旁边是严子雄的坟),老泪纵横,用老京胡拉了《岳母刺字》的精彩唱段。然后,点燃香、烛,焚烧纸钱,跪拜酹酒以祭。他把老京胡放在钱纸的火堆上,哭喊一声:"严军长,让我的琴陪您唱几段老旦戏吧!"